「え……？」
レベッカ＝ブラッドリィ

先輩にリードされて俺たちは回り続ける。
この月明かりのもとでくるくると。
世界は回り続ける。
俺たちもまた、回り続ける。
――この素晴らしき人生を巡るように。

CONTENTS

氷剣の魔術師が世界を統べる3

世界最強の魔術師である少年は、魔術学院に入学する

御子柴奈々

講談社ラノベ文庫

口絵・本文イラスト／梱枝りこ
デザイン／百足屋ユウコ＋石田隆（ムシカゴグラフィクス）
編集／庄司智

プロローグ　虚構の夜

夜の帳《とばり》が下りた。

静謐《せいひつ》なる闇の刻がこの世界を支配する。

梟《ふくろう》たちは怪しげに声を上げ、満月が闇の世界を照らしつける。

今日は雲ひとつない美しい満月の夜だった。

「さてご依頼の通り、進行してもよろしいでしょうか？　ブラッドリィ家当主、ブルーノ＝ブラッドリィ様」

三大貴族ブラッドリィ家では、当主のブルーノが一人の男性と密談をしている真っ最中だった。男は茶色の髪を短く切《き》り揃《そろ》えており、前髪を軽く上げている。着ているスーツもまた、上質なものであると一見しただけで分かる。

「あぁ」

「なるほど。では、こちらの誓約書にサインを」

男が鞄《かばん》から取り出すのは、一枚の書類だった。

「分かった」

ブルーノは躊躇《ちゅうちょ》なく万年筆でサインを書く。

さらにここから、やるべきことが二人にはある。

——契約《シンヴォレオ》。

それは魔術による契約の名称。互いの血を契約の証《あかし》として残し、絶対遵守の効力を魔術的に発動するものだ。血の中に混ざる個人の第一質料《プリママテリア》を媒介として、契約を結ぶ。

普通ならば、こんな契約などはしない。互いに契約内容を了承していたとしても、契約《シンヴォレオ》は強力過ぎる。

この契約は、本来は非合法なもの。さらには奴隷制の際に使用されていたものだ。と言っても、現在、奴隷制は廃止されているが。

「契約は完了しました。それでは、僕は依頼を実行します」

「……よろしく頼む」

頭を下げるブルーノ。

彼は三大貴族の当主の一人だ。頭を下げられることはあっても、自分自身が下げることなど滅多にない。

彼の誇りが許しはしないからだ。

しかし今は何の迷いも無く、ただ頭を下げる。

そして若い男性はニコリと微笑《ほほえ》む。

決して嘲笑の類いではない。人の良さそうな笑みを浮かべて、彼はこう告げた。

「ご息女のレベッカ様の件は計画通りに進めます」

「あぁ。娘にも、それに周りの貴族にもすでに伝達している」

「では、【僕／私】は失礼して……と、おっと。申し訳ありません」

僕と私という言葉が重なるが、ブルーノは相手の事情を知っているので特に指摘することはない。

「いや構わない。君の事情は理解している」

「ありがとうございます。それでは、失礼します」

「あぁ」

立ち上がると、男はその書類を丁寧に鞄へとしまう。

彼は一礼をして最後に一言だけ残す。

「僕の裁量で仕事はさせて頂きます。改めて、ご理解頂きますよう。ご息女の件も含めて」

「……背に腹は代えられない」

「理解のある方は好きですよ」

妖艶に微笑むと、男はブラッドリィ家の屋敷《やしき》から出ていく。

蠢《うごめ》く意志が進み始める——。

◇

「ブラッドリィ家の件、始まるようです」

「ついにか」

「ええ」

スーツ姿の男性が、目の前にいる別の男性に声をかける。

座っているテーブルの上にはワイングラスが二つ置かれていた。

「レベッカ＝ブラッドリィの婚約発表はいつだ？」

「明日です」

「なるほどな」

目の前にいる男は筋骨隆々であり、黒い髪にフェードを入れて高く刈り上げている。

一見しただけで、その体軀《たいく》に圧倒されてしまうほどに大きな身体《からだ》。

そんな彼は豪快にワインを一気に飲み干していく。

「レベッカ＝ブラッドリィは本当に使えるのか？」

「ええ。魔術剣士競技大会《マギクス・シュバリエ》での兆候からして、レベッカ＝ブラッドリィは器になり得る存在ですよ」

「にわかには信じがたいがな……」

「ま、こればかりは僕を信じてください。それに損はさせませんよ」

「お前のことは気にいらねぇが、実績だけは信じているからな。ま、せいぜい稼がせてもらうぜ」

「そうしてください」

大男は、ニヤリと人の悪い笑みを浮かべる。

「一番の問題は、他の魔術師の介入でしょう」

「優生機関《ユーゼニクス》で手を回せないのか？」

「優生機関《ユーゼニクス》も一枚岩ではありません。あそこは常に派閥争いがあり、わずかな椅子を争っている。僕の今回の仕事も、その一環です。これを制することができれば……あのレベッカ＝ブラッドリィを真の意味で手にすることができれば、僕はさらに高みに至ることができる」

「なるほど。ま、楽しみにしてるぜ」

「ええ。任せてください」

不敵に嗤《わら》いながら虚空を見つめると、彼はボソリと呟《つぶや》いた。

「いい、リーゼ。お前を絶対に――」

第一章 レベッカ=ブラッドリィの婚約

夏休みが終了し二学期が始まった。

そんな中、学院ではある噂が広まっていた。


レベッカ先輩の婚約発表。


アメリアから聞いた話だが、内容はこうらしい。

発表自体は夏休みが明けた直後。

相手は上流貴族の中でも三大貴族の次点の貴族である、ベルンシュタイン家の長男。

エヴァン=ベルンシュタイン。

アメリアも過去に親交があるらしく、曰《いわ》く魔術の技量もかなり高い上に人格者であると。

二十五歳にして、白金《プラチナ》の魔術師。容姿もまた優れており、レベッカ先輩との婚約に際して、家柄、魔術師としての力量、容姿、人格の全てにおいて見劣りすることは決してないということだ。

「なるほど。それはめでたいことだな」

「私も驚いちゃった。まさかレベッカ先輩が、ね」

まだ人もあまり来ていない教室で、俺とアメリアはそう話していた。

その後、続々と同じクラスの生徒が教室内に入ってくるが、やはり話題はレベッカ先輩の婚約の話で持ちきりだった。

そして昼休みになり、俺は屋上へと向かっていた。今日はちょうど、いつも一緒にいるメンバーがみんな用事でいないからだ。

階段を登る。

瞬間。

視界に入ったのは、靡《なび》いている髪を押さえながら物思いに耽《ふけ》っているレベッカ先輩。

いつもは人の良さそうな笑みを浮かべている彼女だが、今はただただ無表情だった。

「先輩。お久しぶりです」

「レイさん……ですか」

先輩は、青空を流れていく真っ白な雲を見つめていた。

もう九月になった。

しかし、暑さはまだ健在。

残暑とはいうが、今は夏と遜色がないくらいには暑かった。

しばらくすると、レベッカ先輩が先に口を開いた。

「聞いたのですね」

「はい。おめでとうございます」

「ええ。ありがとうございます」

いつものように美しい声色と表情をしている先輩。

でもどうしてだろうか。俺はなぜか、彼女が無理をしているように思えてしまった。

貼り付けた笑顔に、作っている声音。

まるで俺に対して何かを隠しているような。

「婚約するとなると、もしかして学院は辞めてしまうのですか？」

「いえ。婚約するといっても、ちゃんとこの学院は卒業しますので」

「そうですか。それは良かったです。先輩のいない学院はとても寂しいですから。残ると分かって、嬉《うれ》しいです」

何気ない言葉のつもりだったが、レベッカ先輩は大きく目を見開いた。

「どうかしましたか？」

「いえ……なんでもありません……」

言葉とは裏腹に落ち込んでいるのは見て取れたが、すぐに先輩はそれを隠してしまう。

「二学期は文化祭もあります。私たち生徒会が頑張って運営しますので、是非初めての文化祭を楽しんでくださいね」

「はい！　楽しみにしています！」

レベッカ先輩が握手を求めてくるので、俺は優しく包み込むようにして手を取った。

ニコリと笑う先輩の笑顔はとても魅力的だ。

ただただ、美しい。

そんな美しい笑顔とは裏腹に、レベッカ先輩の手がまるで氷のように冷たいのは……気のせいなどでは、なかった──。

◇

「メイド喫茶を提案する」

『え────っ⁉』

俺がそう提案した瞬間、クラス内では女子生徒たちの悲鳴が上がる。

「ちょっと、どういうこと⁉」

「そうよ！　どうしてそんなメイドの真似事《まねごと》なんて！」
「どうせ、いやらしい目的なんでしょう！」
非難囂々《ごうごう》である。
現在、起立して発言をした俺に対して、全ての非難が集中する。
その一方で、アメリアは神妙な面持ちで黒板の前に立っており、男子生徒もまた黙って
その成り行きを見守っている。
エリサも覚悟を決めたような表情で俺のことをじっと見つめている。
これは全て計画通りである。
さてここからが本番だ。
任務を達成するために、手段など選んではいられないのだから。
ということで、どうしてこのようなことになっているのか。それは数日前まで遡ること
になる。

無事に新学期が幕を開けた。
次にやってくる大きなイベントと言えば文化祭だ。ある程度リサーチをしてみると、
色々と分かった。

まずはクラスによる出し物。さらに各部活も出し物をして良いようで、どちらとも生徒会への申請を行う必要がある。

企画書の段階で申請を通すことが出来なければ、クラスや部活での出し物は許可されない。

それは個人での出し物も同様だ。

また、売上のある出し物は競い合いもあり、かなり盛り上がるらしい。

例年、学内にある講堂で個人や有志団体でパフォーマンスをする生徒などもいるらしい。

残りはミスコンテストとフィジークコンテストだ。これは自薦、他薦による参加でこのアーノルド魔術学院の生徒ならば誰でも参加できる。

ミスコンテスト、通称ミスコンは女子生徒の美貌を競うもので服装、髪型は自由。昨年はレベッカ先輩が優勝していると記録が残っている。

フィジークコンテストは男子生徒が参加できるものだが、これは主に身体《からだ》のバランスやボディラインを競う大会だ。重要なのは逆三角形の上半身。

こちらは環境調査部の現部長が三連覇を果たしており、圧倒的な優勝をもぎ取っている。今年も優勝するとの呼び声が高い。

そして最後には後夜祭ということで、夜にキャンプファイヤーを囲むようにして、ダンスパーティーを屋外で開いて終了。

ここでカップルができることが多いとか、どうとか……というのがこのアーノルド魔術学院の文化祭というものらしい。

「ふむ。なるほど……」

図書室でその情報を手に入れた俺は、とりあえず全体の概要を把握した。

と言っても、やるべきことはクラスの出し物と部活での出し物だ。

部活の方は先輩たちが主導でやるだろうし、クラスの方はきっとアメリアがリーダー的な存在なので彼女が仕切ってくれるだろう。

新学期が始まった時に、アメリアが文化祭実行委員になったのもあり、それは間違いない。

俺以外の生徒はみんな以前の学校で経験があるだろうから、クラスの方で俺の出る幕は多くはないだろう。

そう思っていたのだが、事は大きく変化していくことになる。


放課後。

俺とアメリアは街にある小さな喫茶店にやってきていた。

なんでも相談があるとのことだった。

「その……えっと」

すでに注文した品は届いており、俺はブラックコーヒーでアメリアは紅茶を頼んだ。目の前にはカップが並び、わずかに湯気を立てていた。

アメリアはテーブルに両肘をついて、手を顔の前で組むような形で静止している。

それをゆっくりと解《ほど》くと、彼女はその重い口を開いた。

「その……実はメイド喫茶をしたいの。これ、資料ね」

「拝見しよう」

さっと資料に目を通す。

大体の内容は理解したが、アメリアは神妙な面持ちをしていた。

「私たちのクラス、貴族の子が多いじゃない？」

「あぁ」

「貴族の女子生徒がメイドの真似事なんてしたいと思う？」

「なるほど。得心した」

つまりは、メイドになりきるとは言えその立場になるのはプライドが許さない……と言ったところだろう。俺は貴族への理解が浅いため、すぐには理解できなかったがそういうことか。

しかし、その論理でいけば男性も女性も関係ないだろう。

どうしてアメリアは女子生徒だけに絞っている？　俺が見えていない何かが見えているのだろうか。

「アメリア。概要は理解した。しかし、どうして男子は反発しないんだ？」

「いつだって男性は、メイドが好きだからよっ！」

高らかに宣言するアメリア。

彼女は意気揚々と立ち上がると、早口で捲《まく》し立《た》てるようにして語る。

メイドという存在の、その魅力を。

「いいレイ。メイドはね、とっても魅力的なのよ！　いつも従順でいると思いきや、時折見せる妖艶な表情！　それにあの服装も素晴らしい！　派手さはないものの、最低限の美しさがそこにあるっ！　私の提案としては、クラスでのメイド服はスカートの丈を短くしようと思うの！　きっとこれは次のトレンドになるわっ！　儚《はかな》く主人の一歩後ろに存在するメイドが、ついにその存在感を示すのよ！　とても良《い》いと思わない⁉」

「…………」

「はっ⁉」

アメリアはハッとして、顔を真っ赤にしながら着席する。

「ご、ごめんなさい。ちょっと感極まって……」

「…………」

「れ、レイ？　な、何か言ってよぉ……」

「――素晴らしい」

「え？」

「アメリア。君は本当に天才だったようだな。これはイケる、イケるぞ！　俺もまた言われてみてその魅力に気がついた気がする」

「本当⁉」

「あぁ！」

「そ、そうよね！　それにうちのクラスは可愛《かわい》い子が多いし、きっと映えると思うのよ！　うふふ……」

「間違いないだろう。旧態依然とした体制に風穴を開けるのは、いつだって天才の存在だ。アメリア。微力ながら、協力したいと思う」

「じゃ、じゃあこうしましょう――」

　その後、俺たちは時間も忘れて打ち合わせに没頭する。

　その時の俺たちはまだ知らなかった。

　アーノルド魔術学院始まって以来、前代未聞の伝説のメイド喫茶が誕生することを。

アメリアとの入念な打ち合わせをした後、寮に戻るとすぐに自室へと向かう。

まずはエヴィと、それにアルバートへ相談してみることにした。

「……メイド喫茶か。視点は悪くないが、この懸念は至極当然のものだな」

資料内容を吟味した上で、冷静に話し出すアルバート。

彼もまた、上流貴族の人間。アメリアと同様にこの出し物の懸念事項には、深い理解があるようだった。

「アルバートの言う通り、アメリアとの話でもそれは議題に上がった。一番の問題は女子らしいが、俺の今の任務はまず男子達をまとめることにある。アルバート、イケると思うか？」

「そうだな。男子の貴族も反発するかもしれないが、俺が説得しよう」

「いいのか、アルバート？」

「任せておけ。それに――」

「それに？」

俺はそう、問いかける。

すると彼はニヤッと笑みを浮かべた。

「――メイド服が嫌いな男子など、いないだろう?」

アルバートの顔はどこか少年めいたものだった。そして俺とエヴィもまた声を揃《そろ》える。

「「そうだな!」」

そして俺たち三人は、早速、次の行動を開始する。


翌日。

男子の件はアルバートに任せ、俺はエリサの元へと向かっていた。

アルバート曰く、男子は大丈夫だろうとのことだ。

放課後になって、俺とアメリアはエリサを昨日行った喫茶店へと招待する。

エリサにはメイド喫茶をする旨を伝え、早速、本題に入る。

「それで、エリサには衣装を担当してほしいの」

「衣装……?」

「デザインはこれよ」

スッと机の上に取り出す資料。

そこにはアメリアがデザインしたメイド服が描かれていた。装飾はフリルが多めで、さらにはスカートの丈が普通のものよりもだいぶ短い。

エリサはその資料を手にすると、じっとそれを見つめる。

「型紙《パターン》を引いて、一からやるとなると……あんまり数は用意できないかも……ただ、既製品を弄《いじ》るのなら話は変わると思う」

「できそうなの……？」

「うん。一人では難しいけど、手伝ってくれる人がいるなら大丈夫だと思うよ」

どうやらエリサは了承してくれるようだった。

「で、もちろんエリサも着てくれるわよね？」

「え⁉　私も着るの⁉」

「当たり前じゃない！　こんな可愛い服なのに、エリサが着ない道理はないわっ！」

「ちょ、ちょっと待ってよ！　これってその脚がかなり出るし……それに胸もちょっと目立つし……は、恥ずかしいよっ！」

顔を真っ赤にして抗議するエリサ。

だがアメリアが止《や》めることはない。

彼女の情熱はそんなエリサの抗議を圧倒的な勢いで潰しにかかる。顔は真剣そのもので、その熱意は本物である。

「大丈夫よエリサ。私も着るからっ！」

「そういう問題じゃないよ……っ！」

「うふふ……エリサのメイド服姿、楽しみねぇ」

「レイくん！　なんとかして！　アメリアちゃんがおかしいよぉ！」

必死な顔つきで助けを求めてくるが……。

すまないエリサ。俺は既にアメリア側の人間だ。

それに俺もまた、エリサの愛らしい姿は見てみたいのだ。

そして、エリサの助けを一蹴しアメリアの援護に入る。

「エリサ。俺も君の美しい姿に興味がある。是非、披露してくれないか？」

「ひゃっ！」

俺はスッと手を伸ばすと、エリサのその両手を握る。さらに、その目を互いに合わせる。逃さないように、じっとその美しい瞳を覗《のぞ》き込《こ》む。

「エリサ。君は自分が思っている以上に、可愛い。それは俺が保証しよう。だから、着てくれないか？」

「う……うぅ……」

「だめか？」

「わ、わかったよ。レイくんがそこまで言うなら……いいよ……？」

よしっ！

と心の中でガッツポーズを取ると、隣に座っているアメリアが俺の足を蹴り飛ばしてきた。

「どうしたアメリア。痛いじゃないか」

「別にっ！　分かってたけど、分かってたけどっ！」

「？　まぁエリサも着てくれるということで、あとの問題は……」

俺たちはついに、運命の日を迎えることになる。

◇

――そして、時は現在に戻る。

「では、今日のホームルームでは文化祭の出し物を決めます。誰か意見のある人！」

アメリアが黒板の前に立つ。

その言葉が合図だった。

このクラスにいる男子生徒、アメリア、エリサは既にこちら側の人間。

男子に関しては、アルバートが上手《うま》くやってくれたらしい。

残りは女子生徒を納得させるだけでいい。

その重要な役目は俺に任された。

ならば、俺はその任務を全うするだけだ。

ちなみに教室の隅でニコニコと笑いながら俺たちの様子を見ているキャロルもまた、既にこちら側である。キャロルには衣装の調達に協力してもらおうと思っているからな。

そして俺は、この静寂を切り裂くようにしてスッと右手を勢いよくあげる。

「はい。じゃあ、レイ。どうぞ」


「メイド喫茶を提案する」


その言葉を認識した女子たちは、一斉に声を上げた。

『え――――――っ⁉』

そこから先は俺に対する罵詈雑言《ばりぞうごん》。圧倒的な罵倒が、俺に降り注ぐ。

しかしそれは想定内。後はここから援護射撃が入るからな。

その後。

メイド喫茶という——アメリアの意向を受けた——俺の提案はクラスに受け入れられた。男子はメイド服と聞いて目の色を変えていたし、女子も可愛いメイド服には興味津々だった。

貴族の面々も口では嫌と言っていたが、どうやら興味はあるようだった。

「じゃ、メイド喫茶に反対の人」

アメリアが決を採る。

反対する人間はいないようだった。

「お～☆　決まったね～☆　いや～、いいと思うよ～？　キャロキャロは皆ならきっと、と～っても可愛いメイドさんになると思うよっ！　うんうんっ！」

キャロルが拍手をしながら立ち上がり、クラスの担任の了承も得ることができた。それに従って、みんなもまた拍手によって賛成の意を示す。女子もまた、賛成しているようで本当に良かった。

こうして計画通りに事を進めた俺たちは、メイド喫茶という企画を以《もっ》てこの文化祭に臨むのだった。

◇

「おーい。モルス、こっちは終わったぞ」

「トドメは？」

「まだだ」

「いいですね。先に、パラさんの方を済ませていいですよ」

「はは、それは助かる」

モルス、と呼ばれた中背中肉の茶髪の男がやってくる。

一方で、パラと呼ばれた大男が倒れている人間にソッと手を添えると、わずかに相手の体が発光する。

「うし。終わった」

「暴食《パラトロゴ》の異名は伊達《だて》ではないですね」

「はは。まあな」

暴食《パラトロゴ》。

彼の能力は相手の第一質料《プリママテリア》を喰《く》らい、さらには相手の魔術すら自分のものにしてしまうものだ。今回もまた、相手の魔術師としての能力を全て喰らい尽くした。

「では、頭部だけ回収します」

そこから始まった惨劇を見て、パラが思うことなど何もなかった。

「で、こいつらは結局誰なんだ？」

モルスは付着した血をハンカチで拭いながら答える。

「他の派閥による刺客でしょう」

「優生機関《ユーゼニクス》も一枚岩じゃねぇってのは、こういうことか」

「ええ。でも現状、僕らを魔術で止めることができる者は限りなく少ないでしょう」

「は。そうかよ。まぁ、俺としちゃあ金さえ出ればどうでも良いがな」

「もちろん。報酬はお約束したものをお支払いします。目標が達成できれば、ですけど」

「……前金だけでも十分にもらっているがな。ま、仕事は最後までこなすさ」

「ありがとうございます。パラさん」

その体を鮮血に染めながら、モルスは微笑《ほほえ》む。

二人が出会ってから、まだ日は浅い。モルスはある目的のためにパラを雇ったのだ。

この魔術の裏の世界で、名を馳《は》せている彼を。曰く、その実力は七大魔術師にも匹敵するとか。

モルスは目標を果たすことができれば良い。

パラは依頼された仕事をこなすだけで良い。

利害関係こそが、二人を結びつけているものだった。

「さて、そろそろレベッカ＝ブラッドリィの件も進むでしょう」

「ま、そっちは任せる。俺は依頼をこなすだけだからよ」

「ええ。それと、復讐《ふくしゅう》の方も進めます」

「やれるのか？」

「この十年、そのために準備してきましたから。相手もまた、それを分かっている上で誘っているようですしね」

「は。そうかよ。せいぜい頑張りな」

「はい。そうさせて頂きます」

アーノルド王国の裏では、確実に闇夜の意志が進行していく――。

第二章　文化祭準備

俺たちのクラスの出し物はメイド喫茶に決定した。すでに本格的に作業を開始しており、アメリア主導のもと、クラスメイトたちが一丸となって作業に精を出している。

そんな中、放課後となった現在。

俺はクラスの出し物の企画書を提出しようと、生徒会室へと向かっていた。

生徒会室は校舎の三階の西側にある。今まで一度も行ったことはないが、大体の位置は把握している。

「こっちだな。確か」

一人で企画書を手にして生徒会室に辿《たど》りつく。

生徒会長はレベッカ先輩で副会長がセラ先輩だ。

コンコン、とノックすると室内から綺麗《きれい》な澄んだ声が聞こえてきた。

レベッカ先輩のものだ。

「入っていただいて、構いませんよ」

「失礼します」

「レイじゃない。久しぶりね」

「セラ先輩。ご無沙汰しております」

「今日はクラスの企画書を持ってきたの？」

「はい。こちらです」

俺は両手でそれを渡すと、セラ先輩が受け取って軽く目を通す。

「え？　メイド喫茶？」

「はい。自分のクラスは、メイド喫茶での参戦です」

「……内容はざっと見た限り問題はないけど、よくクラスメイトが承認したわね。確か、Aクラスは貴族が多かったように思うけど？」

「そこはなんとか了承してくれました。それに、全員がメイドの装いをするわけではないですから」

「ふーん。まぁ、レイがいるから……きっとそのおかげかもね」

「？　どういう意味ですか」

「なんでもないわ。じゃ、企画書は受け取ったから戻っても良いわよ」

「分かりました。失礼します。レベッカ先輩も、自分はこれで」

「ええ。では、またお会いしましょうレイさん」

レベッカ先輩の目元をじっと見つめると、俺は気がついた。

化粧で隠しているが、レベッカ先輩の目の下には確かに隈《くま》が残っている。それはセラ先輩も同様だった。おそらく、ファンデーションを重ねるようにして隠しているのだろうが、二人が疲労を表へ出さない様に気に掛けているのは、間違いなかった。

「質問なのですが、他の生徒会役員の方は？」

「……素直に戻ればいいものを。本当にレイってば、めざといと言うか、なんというか」

はぁ、とあからさまにため息をつくセラ先輩。

やはりこれは何かあるのだろうか。

「レベッカ様。レイになら、話してもいいと思いますけど」

「そうですね。まぁ、一応ご質問に答えると……他の役員三人は、おそらくここには来ないでしょう」

「どうしてでしょうか？」

「……私の婚約がきっと、原因でしょうね」

「それはどういう……？」

「元々、そのお三方はある貴族の派閥に所属する家柄でした。私も後で聞きましたが、その中のお一人が、今回私が婚約した方と元々は婚約する予定だったとか。言ってしまえば、私のことが気に入らないのであまり手伝ってはくれない……ということですね。ですから今はディーナさんと二人でなんとか生徒会の運営をしているのです」

「そうでしたか……」

ここで明らかになってくる貴族の内情。俺には予想もつかないが、色々と苦労があるのだろう。

そして、無理をして二人で今は生徒会を回している。

レベッカ先輩とセラ先輩の机には山の様に積み上げられた書類が並んでいる。

二人で全てを処理するなど、正気の沙汰ではない。

知ったのなら俺がやるべきことは一つだ。

迷いなど、なかった。

「分かりました。この文化祭での生徒会の業務、自分にもお手伝いさせて下さい」

「はぁ……レイにバレるとそう言うと思っていたのよ。だから早く戻るように促したのに……」

「レイさん。でもそれは……あなたもクラスでの活動などがあるでしょう」

「兼任できます。自分は今回は宣伝係と給仕のヘルプに、調理担当だけですので。それにスケジュール管理はアメリアと入念に行っております。だから生徒会での業務を手伝わせていただいたとしても、パフォーマンスを落とすことなく両立できます」

俺はお世話になった二人に、何か恩返しができたら良《い》いと思っていた。

「入学以来、お二人にはいつもお世話になってきました。敬遠されていたらしい男である自分に園芸部での活動を許して頂いて、それに色々な植物に関して教えていただきました。ここで自分にその恩を返させてください。後輩である自分へそんなに気を遣われずとも結構ですよ。自分はただ、お二人の力になりたいと心より願っているだけですから」

「レイさん……」

「レイ……」

よく見ると、二人の目は潤んでいた。

きっとかなりの心労があったに違いない。物理的に二人で終わるわけのない量の仕事を、ずっと夜遅くまで懸命にこなしていたのだろう。

だから俺は絶対にそんな二人の助けになりたいと、そう思っている。

「もう……あんたは本当に、良いやつなんだから。レベッカ様。頼りましょう。きっとレイがいれば、どうにか回せる様になります。ここは私からもお願いします」

セラ先輩が頭を下げるので、俺もまたレベッカ先輩に向けて頭を下げた。

「レベッカ先輩。どうか、お願いします。自分にも手伝わせて下さい」

「……ディーナさん。レイさん」

その声はどこか、震えているような気がした。

俺がこうして手伝いたいと言っているのは、実は別の考えもあった。

俺はレベッカ先輩には何か隠し事があると考えている。あの時の表情、それにレベッカ先輩は今も無理をしている。

婚約したことに付随した何か、または全く別の事情。

踏み込むべきなのかどうか、それはもしかすると余計なお世話なのかもしれない。

だが俺はもう、後悔はしたくない。

あの極東戦役で失ったものから得た教訓を、ここで活《い》かさずにどこで活かすのか。それにきっと、失った仲間もまた今の俺を見てくれている。

だから俺は後悔だけはしない選択をするつもりだ。

「お二人とも、顔を上げてください。分かりました。レイさん。どうか、文化祭が無事に終わるその日までよろしくお願いしますね」

「はいっ！」

黄昏《たそがれ》の光が差し、その逆光でレベッカ先輩の表情はよく見えなかった。

でも先輩は、どこか嬉《うれ》しそうに微笑《ほほえ》んでいる。そんな気がした。


文化祭の準備に並行してレベッカ先輩の手伝いをすることに関して、アメリアの了承を取るために教室に戻ると、そこには一人で紙を前にして唸《うな》っている彼女がいた。

「う〜ん。これは、ここで良いけど。あっちの方がなぁ……」

「アメリア」

「レイ、遅かったわね。ちゃんと提出してくれた？」

「もちろんだ」

「……なんか真剣な顔してるけど、何かあったの？」

「今から話そう」

そして、俺はアメリアの前の席に、彼女と向かい合って座る。

「クラスでの役割はこなす。それと同時に、俺は生徒会を手伝いたいと思っている」

「生徒会？　どうしてまた？　もしかして……あぁ。そういうことね」

「分かるのか？」

「今の生徒会のメンバーを考えると、ね。レベッカ先輩の婚約が原因でしょ？」

「そうだ。今はレベッカ先輩とセラ先輩の二人がメインで回しているらしいが……あのままだといずれ、どこかで二人とも倒れるだろう。だから俺が手伝いたいと申し出た」

「そっか。まぁそれなら仕方ないかな……今回のメインは女子たちだから、レイにやってもらうことも少ないし……別に良いわよ」

「そうか。感謝する」

頭を下げる。

本当はクラスの方に全力を注ぐべきなのだろう。しかしあの惨状を見てしまえば、無視することなどできなかった。

アメリアもそれを理解してくれたのか、すぐに了承してくれた。

「じゃあレイの方は私がちょっと調整するわね。クラスの仕事をする日と、生徒会にいく日を決めちゃいましょう」

「あぁ。よろしく頼む」

俺とアメリアはそうして、今後の日程について話し合った。

今のところ順調にスケジュール進行は進んでいるようで、アメリアの本気度が窺《うかが》える。

しばらくして打ち合わせが終わると、彼女は体を椅子の背もたれに預けてから、グッと背筋を伸ばす。

「う〜ん。はぁ……今日も疲れたぁ」

「お疲れ様だな。アメリア」

「良いのよ。私がやりたくてやってるんだし。今まではただ惰性でやってきた文化祭だけど、今年からは自分も楽しもうって決めたの。その……みんなが、レイがいてくれたから……ね？」

その瞳はわずかに揺れていた。

アメリアは変わったとはいえ、まだ手探りで進んでいる。そんな感じが俺にはあった。でも俺たちは互いに支え合っていけるからこそ、彼女もまた自分の意志で進むと決めたのだろう。

俺だってそうだ。

こうして初めての文化祭を楽しもうと、そう思っている。

「でも！」

じっと見上げるようにして俺の顔を鋭く見つめてくるアメリア。そして人差し指を立てると、俺に向かってこう言った。

「あんまりレベッカ先輩にちょっかい出しちゃダメよ？　そりゃあ先輩にも色々と事情はあるんだろうけど、レイはその……無自覚にやらかしちゃうんだからっ！」

「む？　どういうことだ？　ちょっかい？　手伝うのがダメということだろうか……？」

「いやそうじゃないけど……！　もうっ！　分からないなら良いけどさぁ……はぁ。でもこういうレイだから、私は——」

「私は、なんだ？」

「……まぁ良いわ。じゃあレイ、帰りましょう」

「あぁ。そうしよう」

俺とアメリアは一緒に帰ることにした。その去り際、教室内を見つめる。

きっと当日は華やかな教室になっていることだろう。

そうだ。最高の文化祭になることは間違いない。

そんなことを願いながら、俺はアメリアと共に帰路に着くのだった。

翌日。

昼休みになり、いつものように学食で食事を取ることに。

最近のメンバーにアルバートも加わり、割と大所帯になってきた気がする。

「そう言えば、クラリスのクラスは何をするんだ？」

俺がそう尋ねると、クラリスはツインテールをぴょこっと動かして得意げな顔をする。

「ふっ、ふっ、ふっ。私たちのクラスは……お化け屋敷《やしき》よ！」

「お化け屋敷？　それは文字通りの意味か？」

「そうよ！　がおーって、怖がらせちゃうんだからっ！」

クラリスは両手を上げて、ポーズを取る。

本人としては本気でしていることなのだろうが、とても可愛《かわい》らしいと思った。

「なるほど。恐怖心をエンターテインメントに昇華させるということか。興味深いな」

文化祭の出し物はある程度リサーチはしていたが、学校という場所では様々な催しがあるものだと感心していると、クラリスは急に俯《うつむ》いて、ボソッと呟《つぶや》いた。

「お化け屋敷は楽しみだけど……私もみんなと一緒のクラスで、文化祭……楽しみたかったなぁ」

　そう。

　俺、エヴィ、アルバート、アメリア、エリサは同じクラスだ。しかしこのメンバーの中で唯一クラリスだけが違うクラス。

　彼女はそのことを憂いているのだ。

　こればかりはどうしようもない。来年度のクラス替えの時に期待するしかないのだが、そんな落ち込んでいるクラリスをアメリアがガバッと抱きしめる。

「んにゃ⁉　な、何⁉」

「もうっ！　クラリスってば可愛いっ！　大丈夫よ、私たちの友情はクラスが違っても変わりはないからっ！」

　クラリスは大声で俺たちに助けを求める。

「んにゃあああああああああっ！　た、助けてみんなっ！」

『……』

「む、無視⁉　え、エリサ……！　隣にいるんだから、アメリアを止めてっ！」

「………」

「うふふ……クラリスは相変わらず良い体してるわねぇ。小さいのもまた、乙なものね……うふふ」

「いやああっ！　お、お嫁にいけなくなるううっ！」

と、俺たち四人は二人から少し距離を取るとそのまま昼食を取り続ける。

この手のアメリアの暴走は決して止まることはない。

俺たちの間ではもっぱらこの暴走が始まったらソッとしておくのが暗黙の了解となった。

エリサはといえば、最近は上手《うま》いこと回避している。

「そういえば、エリサ。衣装の方は進んでいるのか？」

「うん。今はデザインをちょっと調整しようと思って、みんなで相談してるよ？　それにアルバートくんが割と知識があって、助かってるの」

「そうなのか、アルバート？」

アルバートはどこかは悲しげにフッと微笑を浮かべると、悲痛な声で過去を語る。

「……あぁ。昔、姉の付き添いでデザインとパターンの勉強をしたことがあってな。俺はその際に色々と実験台にされたものだ。まぁ今こうしてその技術が活かせているのには感謝しかないが」

「なるほど。俺とエヴィは、この調子だと調理メインになりそうだな」

「そうだな〜。ま、でもクラス内でしっかりと料理できるのは、俺とレイとエリサくらいだからな。貴族が多いとこうなることは分かっていたが、中々に大変だぜ」

エヴィの言葉通り、俺たちは調理を担当することになっている。紅茶などは他の生徒でも淹《い》れることはできるが、包丁を使って調理したことのない生徒がほとんどで、消去法的に俺とエヴィが調理を担当することに。

当日はエリサも折を見て、ヘルプに入ってくれることになっている。

だが実際には、メニューもそれほど多くはなく、あくまで売りはメイドによるサービスがメインとなるので俺たちにそこまでの技量は要求されない。

切って、焼く。

そのシンプルな工程ができれば大丈夫だ。

中には複雑な工程もあるが、それは俺がカバーしようと思う。料理は慣れているからな。

また、仕入れなどはアメリアが手配してくれている。

そして四人で色々と文化祭について話していると、やっとクラリスは解放された。机に頭を突っ伏したまま動かない。

ツインテールも完全に元気をなくし、まるで枝垂《しだ》れ柳のように垂れ下がっている。

「ふぅ。今日もいいエネルギー補給ができたわ」

一方のアメリアはどこか達成感で満《み》ち溢《あふ》れていた。

こうして俺たちの文化祭は順調に進んでいくことになる。

そう。表向きは——。

◇

貴族会議。

魔術師の世界は貴族が牽引《けんいん》している。

その自負が貴族たちにはある。

しかしここ数年は、その自負も少し陰りを見せている。それは七大魔術師の存在だ。

七大魔術師。

貴族の子どもならば、親にそこにたどり着くように命じられるのは至極当然のこと。

魔術師として大成することこそ至上であると教えられる。

特にその傾向は下流から中流貴族に多い。

その一方で、三大貴族と一部の上流貴族は気が付き始めていた。

魔術師の能力とは、血統だけでは説明できない部分が大きくなっているのではないかと。今までは貴族はその血統を重んじることさえしていれば、自《おの》ずと魔術師として大成していた。

だが、どうだろうか。

今の七大魔術師は、三大貴族や上流貴族の者はいない。

むしろ貴族出身ではない者でさえいる。

そんな状況を憂いたのか、まずは三大貴族当主が集まり会議が開かれることになった。

「ふぅ……さて、何から話しましょうか」

「ブルーノ。例の件は良いのか」

「娘の婚約ですか？」

「あぁ」

「そちらは事前に通達した通りです。滞りなく進んでいますよ」

「……他人の家に口出しする気はないが、早いのではないか？」

「私の家も事情がありますので」

「そうか……」


ローズ家当主。クロード＝ローズ。

ブラッドリィ家当主。ブルーノ＝ブラッドリィ。

オルグレン家当主。フォルクハルト＝オルグレン。

その三人が一堂に会するのは、半年ぶりだった。

今回の会議の議題は、たった一つ。

優生機関《ユーゼニクス》の台頭。

それは貴族の中にも確実に侵食していた。魔術の真髄を極めるために、倫理の枷《かせ》を外して真理にたどり着こうとする思想に取り憑《つ》かれる貴族もいた。すでに厳重注意、さらには処分されている貴族すら存在する。

この動きを考慮して、今回の会議に至ったのだ。

「おぉ！　クロードにブルーノ！　久しぶりだな！」

「フォルク。一分の遅刻だ」

「はぁ……全く、クロードは堅くて叶《かな》わん。もう少し柔軟性が欲しいところだが、そう思わんか。ブルーノよ」

「ええ。クロードさんは些《いささ》か堅いお方です。しかし、私はそれも美徳と思いますよ」

「ははは。言いおるわ、若造が」

「恐縮です」

それぞれが円卓へと着く。

クロード＝ローズ。年齢は五十代に最近入ったばかりだ。ローズ家特有の紅蓮《ぐれん》の髪は、短めに切《き》り揃《そろ》えられている。顔は、五十代とは思えないほどにまだ若々しい。

ブルーノ＝ブラッドリィ。年齢は四十代前半。この三大貴族の中では一番若い。艶《つや》やかな黒い髪を後ろで一つに束ねている。最近は心労なのか、わずかに白髪が目立つ。

フォルクハルト＝オルグレン。年齢はクロードと同じ。二人は魔術学院では同級生であり、旧知である。そのため、二人で個人的に会ったりなど仲はいい。フォルクはこの三人の中でも、一番分厚い体をしており、その巨体をこれでもかと目立たせる。

そして、三人は本題へと入る。

「さて、私が確認した情報ですと……王国内で不審な動きがあるとか」

「不審な動きだと？」

「ええ。以前と同様に、優生機関《ユーゼニクス》関連かと」

「なるほどな……」

「優生機関《ユーゼニクス》め。あいつらのせいで、どれだけの魔術師が流れて行ったか……これも人間の業《ごう》かもしれんの」

そう呟くフォルクはどこか神妙な面持ちだ。顎の鬚《ひげ》を撫《な》でながら、ボソリと呟くようにして言葉を発する。

「対策は進めております。ただ私たちも、十分に警戒すべきかと」

「そうですね」

「そうじゃのぉ……」

彼らは夜が深くなるまで、会議を続けた。貴族たちに侵食する優生機関《ユーゼニクス》の魔の手。それは確実に、レイたちにも届きつつあるのだった。

◇

鮮明に描かれる、真っ赤な戦場。

悲鳴、怒号、爆音がいたるところで飛び交う。

灼《や》ける身体《からだ》。弾《はじ》ける四肢。飛び出す双眸《そうぼう》。砕ける頭蓋《ずがい》。爛《ただ》れる皮膚。

灼ける戦場に立ち尽くしながら、彼は自身の身体を巡る痛みを受け止めていた。身体には無数の切り傷、焼け跡、打撲、内出血もしているのか青く滲《にじ》んでいる箇所もある。

少年はそんな戦場を駆け抜けている。

「はぁ……はぁ……はぁ……っ！」

もうどれほど進んだのか覚えてなどいない。

少年はたった一人で、腰に据えた剣をギュッと握り締めながら戦場を駆け抜けていく。

魔術が初めて本格的に導入された戦争。

後に極東戦役の名称で呼ばれるこの戦争は、徐々に規模を拡《ひろ》げつつあった。

彼を駆り立てているのは、生きるという本能だった。

生きるべきだと。

自分は生きなければならない。

そんな本能に駆り立てられ、彼はひたすらに戦場を走りつづけている。

その先にきっと、理想の世界があると信じて――。


「はっ！　はぁ……はぁ……はぁ……」

汗が滴る。

腰付近まである長い髪の内側は大量の汗を吸い込み、ポタリポタリとベッドのシーツに広がる汗の跡。

ブラッドリィ家。

その中でも場所はレベッカの自室。広い部屋の中にある天蓋付きのベッド。

彼女はいつものように睡眠を取っていた。

現在の時刻は午前三時三十分。

こんな深夜にレベッカが起床することなど、ほとんどない。

「い、今のは……？」

よく見ると、ベッドのシーツには汗だけが滴っているわけではなかった。

その染みの中には赤いものが混ざっていた。

「え……？」

そっと自分の顔に手を当てる。

すると、レベッカの右目からはまるで涙が零《こぼ》れ落《お》ちるかのように真っ赤な血が流れていた。

ツーッと流れるそれを拭うと、鋭い痛みが両目に走る。

「うぅ……うぅ。これは、一体……？」

理解ができない。

でも今はこの流れている血をどうにかしよう。

そう考えてレベッカは一人で洗面所へと向かう。

まずは血の付着した両手を洗って、その後は鏡で自分の両眼を確認する。

するとそこには、発動しているわけがない魔眼《まがん》が発動している様子が映り込んでいた。

魔眼。

彼女は、ほとんどの魔術師が持っていないそれを有している。

　世界的にも魔眼を持っているのは十人もいないだろう。

　魔眼には様々な能力があるが、レベッカの持っているものは未来を視《み》るものだ。

　普段はコントロールしているので、勝手に魔眼が発動することはないのだが――。

「魔眼？　でもこれは……」

　レベッカは思った。

　金色に変化しているこの両目は確かに魔眼の発動兆候であると。

　ただ感覚として、彼女は誰かの記憶を見ているような気がしていた。

　まるで誰かの記憶を追体験しているかのような。

「………」

　じっと自分の両眼を見つめ続けると、次第にその金色の瞳はいつも通りの黒色へと戻っていく。

「あ……あれ、お姉ちゃん？　こんな時間にどうしたの？」

「あ、いや。その、なんでもないの……」

「でもそれ。血で汚れてるけど？」

「これは……ちょっと鼻血が出てしまって」

「鼻血？」

「ええ」

「ふーん。お姉ちゃんにしては珍しいこともあるんだね」

レベッカは愛想笑いを浮かべつつ、一方のマリアはブスッとした表情をしていた。そしてマリアは話の内容を別のものに変える。

「お姉ちゃんさ。婚約のことは、良いの？」

「……別に構わないわ。それが三大貴族の務めだから。それに、私は長女。でも……マリアには自由に選ぶ権利が少しくらいはあると思うから、貴女《あなた》は良い恋をしてね」

「お姉ちゃん……」

マリアはどこか寂しそうな目で、レベッカのことを見つめる。

以前は仲睦《むつ》まじい姉妹だった。

でもいつからか、その距離は明確に開いてしまった。思えば、マリアのピアスを開ける癖もまた、一種の自傷行為であり両親や周りへの貴族に対する当て付けのようなものだった。

貴族だから、ああしなさい。こうしなさい。お姉ちゃんを見習いなさい。

そんな言葉を幼少期の頃からずっと浴びてきたマリアは、思春期に入ると同時に髪型を奇抜なものにして、大量のピアスを自分で開けた。

そんなマリアに対して、レベッカは毎日懸命に話しかけた。

一蹴されることも多かった。それでも、マリアが以前のアメリアのように仮面をつけることなく生活を送れたのは、間違いなくレベッカのおかげだった。

彼女が側《そば》にいるせいで辛《つら》いこともあった。

それでもやはり、マリアは姉であるレベッカのことが大切だった。誰よりも尊敬していて、そして誰よりも美しい人。その存在そのものが、高貴であると。

劣等感の対象でもあり、憧憬《しょうけい》の対象でもある。

そんな倒錯した気持ちを姉のレベッカに抱いているマリアは、今回の婚約の件はどうにも気に入らなかった。父にも母にも問い詰めたが、それがブラッドリィ家の務めと言われ、まともに取り合ってくれなかった。

だからマリアは今こうして、話しかけてみた。

だがそこにあったのは、自己犠牲としか思えない姉の悲しい表情だった。

「では、マリア。私は失礼しますね」

「お姉ちゃん。待って――」

レベッカはマリアの呼び止める声を無視する形で、自室へと戻っていく。ただ早足で、懸命に戻るとベッドで横になって涙を流した。

「う……うぅ……う……」

婚約の件は、すでに確定している。

それがたとえどんなものであっても、受け入れる覚悟だった。

しかし、現実はあまりにも非情だった。

レベッカは知っている。

婚約者の、本当の顔というものを……。

そのことを思い出したせいか、レベッカは先ほど見た夢のことはすっかりと忘れてしまっていた。後にそれが、重大なものになるとも知らずに——。

第三章　蠢く陰謀

本格的に文化祭の準備をする期間がやってきた。

部活動も必ず出る必要があるわけでもなく、今はクラス内での企画を進めることを優先しても良いということだ。

ちなみに俺が所属している環境調査部は特に何かをすることもない。

全員がフィジークコンテストへの調整でかなり忙しいからだ。

俺はクラスでのメイド喫茶の準備とそれに生徒会の手伝いで手一杯なので、今年は見送ることにした。

園芸部での文化祭は、特に何か大きなことをする予定はない。例年の如《ごと》く、今まで育ててきた花や植物を展示するだけらしい。

そのため数日前から配置を変えて、見栄えが良くなるように整え直すだけなので、そこまで大変なものではないらしい。

こちらもすでに、先輩方とどのようにしていくのかという話し合いは済んでいる。

「はぁ。疲れた〜。でもレイってば、本当に優秀なのね。驚いたわ」

「これくらいならば、いつでも頼ってください。事務作業は徹底的に鍛えられたので」

「うん。本当にレイって謎よね。いや、もう慣れたから良《い》いけどさ……」

ということで現在は三人で生徒会室にて作業を行っている。

「レイさんってば、一人で何人分もの作業しちゃうんですから。本当に驚きましたよ？」

「レベッカ様の言う通りね。本当に凄《すご》かったわ」

「慣れていますので」

先輩たちの助けになったのなら、俺としても嬉《うれ》しい限りだ。

「ディーナさん。クラスの方、行ってきてはどうですか？」

「そう……ですね。今は時間もありますし」

「こちらの方は私がやっておきますので。レイさんもそうして良いですよ」

「了解しました」

自分の手元にあった書類を綺麗《きれい》にまとめると、レベッカ先輩の机の元に置く。そして俺とセラ先輩は、レベッカ先輩に挨拶をしてから生徒会室を後にするのだが……。

「レイ。ちょっといい？」

「なんでしょうか。先輩」

生徒会室から少し離れたところで、セラ先輩の顔つきが真剣なものになる。

「レイは教室に戻らないとまずい？　クラスの進行具合は？」

「今は自分がいなくても回っています。そのようにローテーションを組んでおりますので。もとより、今日もずっと生徒会室にいるつもりでした」

「そう……ちょっと頼みごとがあるんだけど、良い？」

「はい。何なりと」

「……内容くらい先に聞きなさいよ」

「セラ先輩の頼み事を、自分が断ることなどありません」

「無茶言うかもよ？」

「先輩はそんな人ではありません。自分はそう思っています」

「はぁ……全く、もう」

セラ先輩は優しく微笑《ほほえ》む。

「レイ。聞いてるわよね、婚約の件」

「はい」

「あれは思っている以上に根が深いわ」

「と、言うと？」

「エヴァン＝ベルンシュタインには何かあると思うの」

「何かとは？　具体的に分からないのですか」

「それが分からない。でもこの時期にこんな急に婚約なんておかしいと思わない？　私も貴族の一員だからわかるけど、あまりにも急すぎるわ。噂《うわさ》も全くなかったし」

「なるほど……」

セラ先輩がレベッカ先輩のことを誰よりも大切に想《おも》っていることは入学直後から知っている。だからこそ、レベッカ先輩のことが心配なのだろう。

「レイ。私とレベッカ様は近すぎる。だから詰め寄っても、彼女は何も話してくれない。私を大事に想ってくれているからこそ、私たちは決してこれ以上近寄れない……でも、あなたならきっと何かできると思う」

「……自分はそんな大層なものではありません。しかし、セラ先輩はそれでも自分にレベッカ先輩のことを頼みたいと。そう仰《おっしゃ》るのですか？」

「そうよ。レイ、あなたのことは本当に信頼してる。入学当初は一般人《オーディナリー》でそれに男だからって理由で、あなたのことを勝手に先入観で嫌っていた。その時のことは謝るわ。本当にごめんなさい……それで都合がいいかもしれないけど、レベッカ様の側《そば》にいてくれない？　時々、辛《つら》そうな顔をするの。特に最近は。レイのことは、レベッカ様も気に入っているし……側にいてくれると私も安心できる」

辛そうな顔で俺の両手をギュッと包み込みながら嘆願してから、セラ先輩は頭を下げた。

「お願い、レイ。私も自分でもっと調べてみるけど、今は近くにいない方がいいと思うの。だから……」

「……先輩」

夕焼けに染まる俺たち二人。

そして俺が言うべき言葉は、すでに決まっていた。

「先輩。任せてください。その願いは、自分が果たします」

「ありがとう、レイ。本当にあなたに会えて良かったわ」

その後、俺はセラ先輩と別れると生徒会室へと戻っていくのだった。

一体、レベッカ先輩に何が起こっているのか。

俺はもうこの歩みを止めることなど、できなかった。


それから俺はすぐに生徒会室に戻った。

レベッカ先輩もまたすぐに帰宅すると言っていたが、おそらくそれは嘘《うそ》だろう。きっとまだ仕事をしているに違いない。

そう思って生徒会室の扉を開けると、予想通りそこには眼鏡をかけて集中しながら書類を読んでいるレベッカ先輩がいた。

「レイさん？　どうして戻ってきたのですか……？」

顔を上げる先輩はどこか気まずそうな顔をしていた。

「先輩が心配だからです」

「あはは……いや、ちょっとだけやっておこうと思いまして」

「では自分も手伝います」

「……でも、すぐに終わりますから」

「今回の件に関しては、レベッカ先輩のことは信用しておりませんので」

「がーんっ！　まさかの事実ですっ！」

「ということで、自分も失礼して」

レベッカ先輩はどこか戯《おど》けてごまかそうとしているようだったが、彼女の元に行くと明日やる予定だった書類が積み上げられていた。

きっと俺とセラ先輩が去った後に、これを一人で全てやろうとしていたのだろう。

そして俺は先輩と一緒に仕事を進めていくのだった。

「ふぅ……」

「お疲れ様でした。レイさん」

「いえ、先輩をお手伝いするのは当然のことです」

「ふふ。やっぱりレイさんはとても眩《まぶ》しい方ですね」

「眩しい、ですか？」

ふと先輩の方を見ると、彼女はどこか寂しげな雰囲気を纏《まと》っていた。

「私もレイさんみたいに——いえ。詮ないことを言いました。忘れてください」

「…………」

その言葉に対して言及はしなかった。

今はただ二人でこの生徒会室でわずかな余韻に浸っていた。

開けている窓から風が入ってくる。

先輩は靡《なび》く髪を押さえながら、虚空を見つめているようだった。

一体、先輩の瞳は、何を見ているのだろうか。

改めてレベッカ先輩の横顔を見つめる。

澄んだ瞳に、微《かす》かに厚みのある唇。

靡く絹のように綺麗な髪の毛はさらさらと流れていく。

笑っている顔も美しいのだが、今の儚《はかな》げに見えるレベッカ先輩もまた美しかった。少しだけ妖艶な雰囲気を纏っている先輩を見るのは初めてだったから。

しばらく時間が経過した後、俺たちはどちらからともなく口にした。

「……帰りましょうか」

「そうですね」

そして俺たちは帰路へと着く。

しかしレベッカ先輩は女子寮の方ではなく、そのまま学院の門へと進んでいく。

「今日は実家の方に帰りますので。それでは、ここで失礼します」

「送りましょう」

「……そう仰るかなと思っていましたが。ふふ、やっぱりそうでしたね」

「この暗い中、先輩一人で帰るのは危険かと」

「そうですね。では、お言葉に甘えて」

「はい」

二人で街灯の灯《とも》る道を進んでいく。

「レイさん」

「はい」

「文化祭の準備は楽しいですか？」

「そうですね。初めての事で色々と戸惑いますが……楽しいです。それにうちのクラスはメイド喫茶をしますので、今から心が躍ります」

「あらあら。まあまあ。それは一体どういう意味なのですか？　もしかして、可愛《かわい》い女の子が見たいとか？　レイさんもそういうことに興味があるのですか？　ふふっ」

顔を覗《のぞ》き込《こ》むようにして、人の悪い笑みを浮かべる先輩。

もちろん俺は飾る言葉などなく、ただ純粋に自分の想いを伝える。

「そうですね。自分のクラスは可愛い女子生徒が多いので。きっとメイド服は映えると思います。今から楽しみです」

「……なるほど。レイさんのことが、なんだかもっとよく分かった気がします」

「？　どういう意味でしょうか？」

「純粋な瞳でそう言われたら、私もからかうことはできませんね」

「そうですか？」

「ええ。それにしても、よくメイド喫茶を提案しましたね」

「元々はアメリアの案なのです」

「え……そうなのですか？」

「はい。アメリアの情熱は、それはすごいものです」

俺がそう言うとレベッカ先輩は微かに笑みを浮かべる。

「意外ですけど……でも、どこか納得しちゃいますね」

「そうですか？」

「レイさんの周りは、とても眩しいからです。周りにいる人は、みんな笑顔になっていく。アメリアさんもきっと、レイさんが側にいるからそのように振る舞っていると思いますよ？」

「そう……でしょうか」

「はい。私が言うのですから、間違いありません。えっへん！」

と、わざとらしく胸を張って自慢げにそう言うレベッカ先輩は、どこか幼く見えた。

そしてレベッカ先輩の自宅に着く直前、俺たちはある人物とばったり出会う。

「レベッカ。今帰りなのかい？」

「あ……はい。エヴァン様……」

途端に先輩の表情が曇る。それはまるで、相手のことを嫌がっているというか……恐れているような、そんな印象を抱いた。

「もしかして君が送ってくれたのかい？」

「はい」

俺は彼に自己紹介をする。

「レイ＝ホワイトと言います。レベッカ先輩の後輩で、アーノルド魔術学院の一年生です」

「なるほど。僕はエヴァン＝ベルンシュタイン。彼女の婚約者だよ」

人の良さそうな笑みを浮かべて握手を求めてくるベルンシュタイン氏。

中背中肉。茶色の髪は全体的に短く、前髪を綺麗に上げてしっかりと崩れないように型をつけている。その相貌はいかにも仕事ができる男性、という印象である。

印象は決して悪くはない。レベッカ先輩の、あの表情さえなければ。

「さて、ホワイトくん。見送りはここまでで結構だよ。僕はちょうどブラッドリィ家に用事があったのでね」

「はい。それでは自分は失礼します」

頭をその場で下げてから、俺は翻って来た道を戻ろうとする。

その際に、俺は一瞬だけ後ろを振り向いた。

ベルンシュタイン氏がレベッカ先輩を抱き寄せるようにして、密着した状態で進んでいく二人。

側《はた》から見れば、仲睦《むつ》まじい様子に見えるだろう。

でもどこか、先輩は萎縮しているのか体が小さく見えた。

ここ最近、レベッカ先輩の様子がおかしい原因となっているのが……あのエヴァン＝ベルンシュタイン氏なのか？

そう考えると同時に、セラ先輩の言葉が脳裏に過《よ》ぎる。

『エヴァン＝ベルンシュタインには何かあると思うの』

何かある。その言葉がずっと脳内でリフレインする。

ここから先は俺の余計なお節介だ。でも、その懸念を払拭しなければ俺は前に進むことはできない。

師匠なら何か知っているかもしれない。

そんな思いから、俺はすぐに師匠の家へと向かっていた。いつもはアポイントメントを取ってから行くのだが、今回ばかりはそうも言ってられない。

「着いたな」

コンコンコンと三回ほど扉をノックすると、カーラさんがいつものようにメイド服姿で扉を開けるが……その顔は少しだけ驚いているようだった。

「レイ様？　本日はお越しになられるご予定でしたか？」

「いえ。ただ師匠と話したいことがありまして」

「承りました。主人に伝えてきます」

カーラさんは家の中に戻っていく。

慌てて来てしまったが、やはり迷惑だっただろうか。ふとそんなことを考える。と、そうしていると再びカーラさんが扉を開ける。

「レイ様」

「はい」

「応接室にてお待ちください」

「分かりました」

「少し準備がありますので」

「準備？」

「はい。女性はいつだって、綺麗に見られたいものですから」

口元に人差し指を持っていくと、少しだけ妖艶に微笑むカーラさん。

俺はそんな振る舞いにちょっとだけドキリとしてしまう。

俺は応接室に案内されると、そこで一人ソファーに座って待っていた。

すると十分くらいした後に、カーラさんに車椅子を押されながら師匠が入って来た。

「師匠。夜分遅くに失礼します」

「いや別にいいさ。でもまぁ……急にレイが来るのは珍しいな。何かあったのか？」

「実は――」

俺は話をすることにした。

レベッカ先輩の様子が、最近どうにもおかしいと。さらにはセラ先輩から聞いたことも話しておいた。

「ブラッドリィ家の婚約にエヴァン＝ベルンシュタインの裏の顔、か……私も早い婚約程度にしか考えていなかったな。だがエヴァン＝ベルンシュタインは会ったことがある」

「師匠の印象はどうでしたか」

「いかにも貴族の魔術師って感じだな。それも悪い意味ではなく、良い意味でだ。優秀だと聞いている。ま、私は貴族の世界に興味がないからな。その程度の情報しかないが」

「なるほど。ではレベッカ先輩との婚約は不自然ではないと」

「ベルンシュタイン家は上流貴族だ。貴族的な地位としても、本人の魔術師的な資質からしても釣り合いは取れているだろうな。でも確かに、些《いささ》か早い。そう思うのは当然だな……カーラ、何か知らないか？」

師匠が後ろにいるカーラさんにそう言うと、彼女は淡々と事実を述べる。

「今の所は私も悪い噂は聞きません」

「そうか……調べてもらうことはできるか？」

「一週間ほどあれば十分かと」

「なるほど。ではよろしく頼む」

「承りました」

それから師匠は文化祭について尋ねてくる。

「そういえば、文化祭は何をするんだ？」

「メイド喫茶です」

「メイド喫茶ぁ？」

「────っ⁉」

師匠は怪訝《けげん》な表情をするが、一方のカーラさんの反応は大きなものだった。

目を大きく見開き、びくっと震える。

「メイドが喫茶店をするのか？」

「はい」

「それって何がいいんだ？」

「アメリア曰《いわ》く、メイドが嫌いな男性はいないと」

「……ほう。レイも好きなのか？」

「好きか嫌いかの二択でしたら、きっと好きなのだと思います。カーラさんのメイド服もよく似合っていて自分は好きなので」

「「えっ⁉」」

「どうかしましたか？」

師匠はカーラさんの方をじっと見つめ、当の本人は顔を真っ赤にしていた。あのカーラさんが顔を赤くする日が来るなど、本当に珍しいこともあったものである。

「れ、レイ様お戯れを……」

「いえ。自分はメイド喫茶をすると言われた時は、真っ先にカーラさんのことを思い浮かべました。確かにメイド服には惹《ひ》かれるものがあると自認しています」

「うっ……！」

「レイ、慌てるなっ！　それはまやかしだっ！　いや、待てよ……私もメイド服を着ればいいのか？」

「師匠がメイド服？　ははははは！　面白い冗談ですねっ！」

思わず想像すると面白すぎて、腹を抱えて笑ってしまう。

師匠がメイド？　ははは、ゴリラにメイドはできないだろうっ！　と心の内で思わず考えてしまうが次の瞬間には目の前に氷柱が生成されていた。

「あ？　殺すぞ？」

「……大変申し訳ありませんでした」

素直にその場で土下座を敢行した。

命は大切だ。

どうやら調子に乗ってしまったようだ。師匠の目はマジだった。マジに殺す気がある目だった。ということで、俺は素直に例の如く土下座をしておいた。

「文化祭当日は私とカーラも行く。楽しみにしてる」

「ありがとうございます」

その後、俺は晩ご飯をご馳走《ちそう》になり寮に戻ることにした。

一人で帰路に着くと、再びふと空を見上げてみる。

綺麗な空だ。しかしそれは、どこか不気味なような……そんな気がした。


文化祭開始まで、残りあと二週間程度。

そしてここ数日の放課後は、それぞれの教室が騒がしい。それはもちろん、出し物の準備をしているからだ。

俺たちはメイド喫茶を開くことになっている。

その噂は既に学内中に広がっているだけでなく、外部でも話題だとか。

ちなみに、アーノルド魔術学院の文化祭が行われた一週間後に、メルクロス魔術学院の文化祭、さらにまた一週間後にディオム魔術学院の文化祭が行われる。

毎年順序はローテーションされており、今年はうちの学院が一番初めに文化祭を開くことになっている。

日程が被《かぶ》らないため、他の学院の生徒が視察を兼ねて文化祭にやって来ることも当たり前らしい。

「よし……こんなもんか？」

「おぉ。レイ、いいんじゃないか？」

ということで俺たち男性陣は外で作業を行っていた。女性陣はクラス内でメイド服の制作と内装の準備をしている。一方の男子たちは、主に力仕事担当ということで外で看板作りに励んでいる。

もちろん、ここで手を抜くことはしない。

まずは俺とエヴィがノコギリで板を適当な形に切った後に、他の男子たちがヤスリでその表面と角を削っていく。看板は一枚だけでなく、クラス内に展示するものに、外の宣伝用に使うものと複数用意する必要がある。

「では俺は文字を刻もう」

スッと立ち上がって、下地処理した看板に文字を刻もうとする。目立つように、一度彫刻刀で文字の外枠を刻み、その上からペンキを重ねる。そうすることで、看板を仕上げていく。

彫刻刀を手に取ると……まずは俯瞰《ふかん》して看板の全体図を見る。

イメージする。自分が今から刻む文字の外観を。

そうして俺はイメージングを完了すると、躊躇《ちゅうちょ》なく彫刻刀で文字を刻んでいく。

俺はただ一心不乱に彫刻刀を振るう。この手の作業は、実は得意なのだ。まぁ、いつものごとく師匠に鍛えられたというか、そうせざるを得なかったという悲しい歴史があるのだが……。

「よし。こんなものだろう」

一枚の看板を仕上げると、全員が「おぉ！」と声を上げる。


「すげぇ！」

「これは、もはや芸術だろう」

「マジか……なんか絵も描いてるしな」

「しかもホワイトのやつ、ペンキで塗るのも職人並みだよな」

「マジでこいつのスペックどうなってんの？　一般人《オーディナリー》とか関係なく、ヤバすぎだろ……」


そして俺がひと作業終えて一息ついていると、アルバートが近寄って来る。

「レイ。さすがの仕上がりだな」

「ふ……しかし、デザインはアルバートのものを起こしただけさ」

「それはそうだが……この再現度は俺の予想を上回っているな」

「それこそ、最高のデザインがあったからこそだ」

「そうか。それは俺も嬉しい」

二人でそう讃《たた》え合っていると、エヴィもまた板を切る作業が終わったのかこちらにやって来る。

「さて。最後の仕上げはみんなに任せよう」

『おう！』

ということで残りの男子生徒たちが、魔術でペンキを乾かしていく。風を起こしながら、その中にわずかに熱を混ぜていく。それこそ、この作業もまた一寸《ちょっと》の狂いも許されない。そして全員が集中して担当している部分を仕上げると、看板制作が終了した。

「よし。終了したな。では、俺は生徒会の手伝いに行って来る」

全員にそう告げると、俺はそのまま急いで生徒会室へと向かうのだった。


「レベッカ先輩。お待たせしました」

「あら？　レイさん。今日はこちらに来る日でしたか？」

「いえ。しかし、少し時間ができたのでお手伝いしようかと」

「もう。いつもそんなことを言って、手伝いに来るんですから」

「慣れてください。先輩が心配なんです」

「……助かりますからいいですけど。くれぐれも、クラスの方を優先してくださいね？」

「はい。分かっております」

いつものように所定の位置につくと、俺は早速、書類に目を通す。と言っても現在はそれほど量は多くない。あとは当日のスケジュール確認と食料のチェックなどだ。

「そういえば、レイさんは今日は何を？」

「看板を作っていました」

「看板ですか？」

「はい。あぁ、確か今ならちょうどベランダから見えるかもしれないですね」

「？　そうなのですか？」

二人でベランダに出て、そこから下の方を見つめる。そこでは多くの生徒が作業をしている最中だったが、中でも一際目立つ看板に数多くの生徒が引き寄せられていた。

「え……あれをレイさんが作ったのですか？」

「はい。と言っても、クラス全員で協力しました」

「すごいですね……」

横顔しか見えなかったが、ほんの少しだけ寂しそうな声だった。

「よし、では今日も残りのお仕事頑張っちゃいましょう！」

「はいっ！」

いつものように元気な先輩。

でもだからこそ、俺はどこか不安を抱いていた。

そんな中、アーノルド魔術学院の文化祭が……もうすぐ始まろうとしていた。

◇

マリア＝ブラッドリィは姉が大好きだった。

だが、彼女はどのようなわけなのか、生まれた時から肌も髪色も全てが純白だった。さらに、双眸《そうぼう》は灼《や》けるように緋色《ひいろ》に染まっていた。

魔術師の中で稀《まれ》に起こる現象ではあるが、三大貴族で発現するのはマリアが初めてだった。

周りとは異なる容姿をしている彼女は、イジメとまではいかなかったが周りからは敬遠されることが多かった。

そんな時、隣にはずっとレベッカがいてくれた。

「お姉ちゃん。私って変なのかな？」

時折聞こえてくる声がある。

『あの子って、真っ白で気持ち悪いよね』


中には綺麗と言ってくる人もいたが、それでもマリアを遠目に観察するような人間がほとんどだった。

三大貴族ということもあり、周囲の人間はマリアから距離を取った。

そんな中でもレベッカだけはずっとそばに居続けてくれた。

「そんなことないよ。マリアはとーっても可愛いんだからっ！」

「……本当？」

「ええ。真っ白な肌も、真っ白な髪も、それに真っ赤な目も、とっても綺麗。周りの人は色々と言うかもしれないけど、お姉ちゃんはずっとマリアのことを可愛いって思ってるよ？」

ギュッと抱きしめてくれるレベッカ。

まだ幼い二人ではあるが、支え合って生きているのだ。

姉妹の絆《きずな》は永遠のものだと、二人はそう信じていた。

しかし、現実はそう上手《うま》くはいかなかった。

「う……痛《い》ったぁ……」

鏡の前で、自分の耳に穴を開けていくマリア。別にピアスをしてオシャレをしたい訳でもなかった。ただ、貴族とはかけ離れた自分になりたかっただけ。

レベッカは優秀に成長し、マリアはどうしてもレベッカに劣る。そんな劣等感を紛らわす為《ため》の行動だったのかもしれない。

今まではレベッカと同様に髪を伸ばしていたが、それを機に奇抜なものにした。片目が隠れるような斜めになった前髪に、後ろは短くしている奇抜な髪型。

もちろん家族には色々と言われた。父であるブルーノは特に何も言わなかったが、母はマリアに対して怒りをぶつけた。

貴族の娘がする格好ではないと。

そんな時、情動を抑えきれずにマリアはこう言った。

「お姉ちゃんはいいよね。だって綺麗だもん。奇抜じゃなくて、すっごく清楚《せいそ》で綺麗。もう……私のことはほっといてよ。もう私は嫌なのっ！　私はどうせ、出来損ないなんだからっ！」

ピアスはまだ上手くつけることはできず、耳からは血が流れていた。消毒もろくにせずに、化膿《かのう》しているところもあった。マリアはレベッカとは違い、不器用だったから。

そんなマリアは逃げるようにして、自室へと走っていき……そして枕を涙と血で濡《ぬ》らした。

――どうして私はこんな姿なの？　どうして私には才能がないの？　どうして私はお姉ちゃんみたいになれないの？　どうして、どうして？

自問自答を繰り返すも、今のマリアでは答えにたどり着くことは叶《かな》わない。

一人では決して――。

そして、二人がすれ違うようになって数年が経過した。

「お姉ちゃんが婚約!?」

「そうだ」

「お父様、どういうこと！」

「……マリア。聞き分けろ。三大貴族の長男、長女とはそういう存在なのだ」

「でもっ！」

「これ以上話すことはない」

ある日、書斎に呼ばれると、そこにいた父と母は神妙な面持ちで、ただ淡々とその決定事項を告げた。

すれ違っているとはいえ、幼い頃からレベッカと一緒にいたからこそ分かる。

きっとレベッカは婚約自体は覚悟していたはずだ。相手が誰であっても、受け入れるに違いない。だというのに、ここ最近はずっと疲れた顔を懸命に隠している気がする。

それはただの直感。

だがマリアはその直感を信じた。

レベッカには何か抱えているものがあるのだと。

「お姉ちゃんっ！」

書斎からレベッカの部屋に向かうと、そこには机にノートを広げて勉学に励んでいる彼女の姿があった。

「──私に何か隠してない？」

「…………」

目をスッと逸《そ》らすレベッカ。きっと目を見て話してしまえばバレてしまう。そう思っての行動だったが、もちろんそれは裏目に出てしまう。

「やっぱり……ただの婚約なら、お姉ちゃんがこんなに落ち込むわけないもん。何があったの？」

「マリアには関係ない」

拒絶を示すかのように、レベッカはマリアを無理やり扉の外に押し出していく。

「マリア。もうその件は終わった事なの。だから、私はいいの」

「待って！　お姉ちゃんっ！」

ばたりと閉められるドア。そして中からガチャリと鍵をかけられてしまう。

「お姉ちゃん……」

あんなに弱っているレベッカをマリアは今まで見たことがない。

——きっと何かあるんだ。話せない何かが……っ！

たとえ距離感があっても、どれだけ劣等感を抱いていても、マリアはレベッカのことが大好きだった。誰よりも心配していた。

そしてマリアは、レベッカのために行動を始めるのだった。

◇

ちょうど今は文化祭の準備と生徒会の手伝いが終わって、寮に戻ろうとしていたところである。

そんな時、正門に立っている人間に俺は見覚えがあった。

透き通る純白の前髪を斜めに切り揃《きそろ》えており、両耳にはこれでもかと大量のピアスが刺さっている彼女。

レベッカ先輩の妹であるマリアだ。

レベッカ先輩に会いに来たのだろうか。

キョロキョロと周囲を見回しており、誰かを探しているようだ。

「あ……」

視線が合う。

しかし、俺が彼女のことを知ったのは女装姿の時のことだ。だからマリアの方が俺のことを知っているわけがないというのに、彼女はじっとこちらを見つめてくる。

「もしかして、あんたがレイ＝ホワイト？」

「あぁ。そうだが、君は？」

知っているが、敢《あ》えて尋ねる。

「マリア＝ブラッドリィ。その……レベッカ＝ブラッドリィの妹よ」

「なるほど。レベッカ先輩に似て、とても綺麗だな」

「…………」

「どうした？」

半眼で見つめてくる。睨《にら》みつけているわけではないのだろうが、やけに目力がある。

「ディーナちゃんに聞いてたけど、本当にそれが素なのね……」

「もしかして、セラ先輩のことか？」

「ええ。仲がいいの」

「なるほど」

どうやらマリアはセラ先輩に俺のことを聞いたらしいな。セラ先輩は幼い頃からレベッカ先輩と付き合いがあると聞く。だからこそマリアもセラ先輩と知り合いでも、不思議ではないだろう。

「それで俺に何か用だろうか？」

「えっとその……ちょっと喫茶店でも行かない？　大切な話があるの」

「分かった」

大切な話と突然の来訪。おそらくは、レベッカ先輩のことだろう。

そして俺とマリアは移動するのだった。

その際、視線を感じて振り返る。

「どうかしたの？」

「いや、誰かいたような気がして」

「いないけど」

「そうだな。とりあえず、行こうか」

「うん」

視線の端にわずかに靡く黒い髪が見えたような気がした。


「単刀直入に言うけど、レイってお姉ちゃんと仲良いよね？」

「そうだな。良くしてもらっている」

呼び方は互いにファーストネームでいいということになった。マリア曰く、「その方が楽だし」とのことだ。

また、どうして俺のところにやってきたのか。理由を聞くと、セラ先輩に紹介されたらしいとのことだった。今回の件は、自分ではなく俺に話を聞いた方がいいと。

そしてマリアはわざわざ、学院の前で俺のことを探していたのだという。

「婚約の話……聞いてるでしょ？」

「あぁ」

「実は、お姉ちゃんの様子がおかしいの。最近は婚約のこともあって、家に帰ってくる機会が多くて顔を合わせるんだけど……」

「俺も同じようなものを感じ取っている。先輩は何か隠している気がする」

「そう！　私もそう思うのよ！」

「実は先輩のことは俺も心配している。何か分かったら共有しよう」

「うん、お願いね」

ふと、耳にあるピアスに目がいく。

「ピアス。綺麗だな」

「ホント？」

「あぁ」

「これはお姉ちゃんとの決別。いや、自分との決別かな。私って目立つでしょ？」

「美しいとは思うが、そうだな」

「もう。一言多いのよ」

顔は少しだけ赤く染まっていた。

「お姉ちゃんには何にも勝てない。あの人、完璧でしょ？」

「そうだな。非の打ち所がない」

「だから勝手に劣等感を抱いて、勝手に奇抜な格好をして逃げてるだけなの。あはは、笑えるでしょ？」

マリアは自虐的に笑っていた。

「でもね。お姉ちゃんはとっても優しいし、すごい努力をしているの。頑張ってるの。こんな出来損ないの妹とは違って、お姉ちゃんはすごい。だからこそ、お姉ちゃんが無理をしているのを、見過ごしたくないの」

「マリア」

手を握る。

震えている彼女を落ち着かせたかったから。

「レベッカ先輩の件。全力を尽くそう。それともう一つ。マリアはとっても綺麗だ。そんなに自分を卑下するものじゃない」

「ぐす……見た目だけじゃない……」

「いいや。姉を心配する君の心は、とても綺麗だ」

「ばか……」

泣《な》き止《や》むまで俺は、彼女の手を握っているのだった。

「では、また何か分かり次第伝える」

「うん。私も自分のできる限り、頑張ってみる」

「送って行こう」

「ううん。いいの。今は一人でいたいから」

「……分かった」

マリアとはそこで別れる。家も近いからと言うので、彼女の背中が見えなくなるまで見つめていた。

そして、俺もまた帰路につくが……。

「……今のは？」

立ち止まる。

見られていた？

そんな視線を感じた。だがそれはすぐに消えていく。気のせいといえば、気のせい。特別、殺気などが籠もっていたわけではない。レベッカ先輩の件もあって、神経質になっているのだろうか。

いや、もしかして……。

◇

自宅に戻って来たレベッカは天蓋付きのベッドに横たわる。

「はぁ……」

文化祭まであともう少し。だというのに、心は全く躍っていない。ただ淡々と、同じ日々を繰り返しているだけ。クラスでも婚約のことを機に、距離を取る人間も出てきた。

別にそのことは良かった。

それはある程度予想していたことだから。

「どうしてだろ……」

ボソリと呟《つぶや》く。

最近、どうしても考えてしまう。

それは、ある一人の少年のことだ。

「レイさんはどうして——」

レイ＝ホワイト。

入学当初に出会ったのは、本当に懐かしく思える。

初めは一般人《オーディナリー》だからきっと、この学院での生活は辛いことになるに違いない。私が先輩として導いてあげないと。そんな風に彼女は思っていた。

マリアと距離ができていたレベッカは、元々誰かを世話することに飢えていたこともあった。ともかく、レイに対して親切でありたいとそう願っていた。

でも、彼は本当に規格外の人物だった。

枯れた魔術師《ウィザード》と馬鹿にされることもあったが、今となってはその噂も聞かない。むしろ、只者《ただもの》ではないという評価の方が大きいほどだ。

レベッカもそう思う。

どこか大人びているというか、年下とは思えないレイ。だがふと見せるその幼い面は本当に微笑ましいと思っている。

今まで一緒に過ごした時間はかけがえのないものだった。レベッカに対して素直に接してくれるレイは、彼女にとって大きな存在になっていた。

「そっか……もうずっと前のことのように感じるなぁ……」

ベッドのそばにある日記を手に取ると、ボソリと声を漏らす。

楽しかった日々。

レイが来てから園芸部での活動も華やかさを増した。他の部員たちも彼を受け入れて、より一層良い部活動ができていた。毅然《きぜん》とした態度だが、親しみを持てる彼。そんなレイを中心にして、園芸部はさらに華やかになった。

その時は、ずっとこんな日々が続けばいいと。そう思っていた。

「レベッカ」

扉の先から母の声が聞こえてきた。

「はい。お母様」

「彼がいらしたわよ」

「分かりました」

そしてレベッカはすぐに制服から着替えた。家の中にいるとは言え、来客ということで装いもそれなりのものにする。ブラウスにロングスカート。シンプルだが、そこまで華美にする必要もないので、彼女はそれを選択。

開いたままの日記を再び手に取る。

そこにはずっと昔からの思い出が詰まっている。

マリアと過ごした日々。友人と過ごした日々。そして、レイと過ごした日々。

それをまるで断ち切るようにして閉じると、レベッカは扉を開けて出ていくのだった。

「やあ。レベッカ」

「エヴァン様。ようこそ、いらっしゃいました」

エヴァン＝ベルンシュタイン。

最近はよくブラッドリィ家に訪れるようになった。婚約を機に、周りにアピールをしたいのだろうか。と、レベッカは勘繰っていた。

「失礼します」

向かい側のソファーに腰を下ろすと、メイドが紅茶と茶菓子を持ってくる。そして二人っきりになると、エヴァンは人の良さそうな笑みを浮かべて話しかけてくる。

「そろそろ文化祭だね。順調に進んでいるかい？」

「はい……そうですね。今のところは、滞りなく進んでおります」

「なるほど。当日は僕も行く予定だから、楽しみにしているよ」

「私もエヴァン様がいらっしゃるのを楽しみに待っております」

嘘だった。

レベッカはエヴァン＝ベルンシュタインのことを歓迎してはいない。

むしろこの婚約自体が嫌で嫌で仕方がない。それだけではない。エヴァンとレベッカの父であるブルーノは結託している。

そのことを彼から聞かされた日、レベッカは目の前が真っ白になった。

以前から顔見知りであったし、婚約自体も今まで通りの彼だったならば普通に受け入れていただろう。

だが彼には目的があった。

それはブラッドリィ家を支配した上で、三大貴族を支配するというものだった。

そして彼は魔眼《まがん》収集家でもあった。

非合法に集めている魔眼を、その手に収めることに悦《よろこ》びを覚えるのだという。

その中でもレベッカの未来視の魔眼は特にレアなものであり、彼にとって極上のものだという。

そして、それを手に入れることで貴族の頂点に立てば、都合が良いのだと。そう言っていた。

なぜならば、魔眼はそれほどまでに絶大な力があるのだから。

ブルーノとエヴァンの密会を偶然目撃したレベッカは思った。

こんな人と婚約してはいけない。ブラッドリィ家を守らなくてはいけない。

しかし、父は何も言わない。母も何も言わない。

マリアには言えるわけが、ない。

それに彼女は脅されていた。もし、そのことを外部に漏洩《ろうえい》すればマリアに手をかけると
……そう言われていた。

既に婚約の話が成立した時点で、彼女だけではなく、ブラッドリィ家は堕《お》ちていたの

だ。すでに彼女個人にできることなど、残ってはいなかった。

だから彼女はあるがままを受け入れる。微《かす》かに残っている正義感に揺れながら、レベッカは誰にも助けを求めることができなかった。

おそらく何も知らないのはマリアだけ。それ以外の人間はこのことを許容していた。父も母も、歳《とし》の離れた聡明《そうめい》な兄も……誰にも頼ることができなかった。

ブラッドリィ家に対して、彼女は絶望していた。

「さて。今日も見せてもらおうか」

「はい」

決まってエヴァンがやってくるのはこのためだ。

そしてレベッカは魔眼を発動する。すると彼は身を乗り出して、その双眸をじっと見つめる。不敵に嗤《わら》いながら。

「ははは……やっぱり君のその魔眼は一級品だ。でも、まだ足りない。真の輝きに至るには、もう少しかかる。だからレベッカ。君はこれからも精進するといい。その魔眼に見合う人間になれるように。大丈夫。代わりの目は用意するさ。それに……」

手を握ってくるエヴァン。そしてレベッカの瞳をじっと覗き込む。

びくっと体が震えるが、我慢するしかなかった。

「このことはブラッドリィ家の総意だ。ブルーノ氏とは契約《シンヴォレオ》をしている。彼もまた、三大貴族の頂点に立つことに躊躇《ためら》いはない。言うならば、僕たちはビジネスパートナー。その手伝いをする代わりに、君の目をもらう約束をしただけ。それは彼も了承している。だから、怖がることはない。ただ君は、今まで通りに過ごせばいいだけだから」

「……はい」

瞬間。

エヴァンはまるであらゆる感情が抜け落ちたかのような表情になる。

時折見せる無表情。笑顔を貼り付け、異常な執着を見せつけてきたと思いきや、急にスッと何かが抜け落ちたような瞬間を見せる。

レベッカにとって彼はただただ、不気味な存在に映っていた。

「もうすぐ会える。やっとこの時が来ました」

その意味はレベッカには分からない。でも今はそんなことはどうでもよかった。この男の奇行など、気にしていてはキリがないとレベッカは思っていたから。

ただ彼女は許せなかった。

父の暴挙も、この男の思考も、何もかもが理解できない。

このまま黙って蛮行を見逃すべきなのか、どうなのか。

レベッカはただ揺れ続ける。このことを他の三大貴族に言ってしまえば、きっと楽になれる。

でもそうなったら、この家はどうなる？　それに誰よりも愛《いと》しい妹であるマリアは……どうなってしまう。

愛ゆえに、身動きが取れないレベッカ。

そんな中、レベッカは彼のことを考える。

──レイさん。私は……。

ここでレイのことを考えるのはおかしいことは彼女も理解している。彼にはこの状況を覆す力などないことは承知している。

でも……それでも、なぜか今まで過ごしてきた日々を顧みると、レイに頼りたくなってしまう。

自己嫌悪を覚えながら、レベッカは今日もまた一人で涙を流し続ける。

彼女の心は徐々に壊れていく。

◇
「そちらはどうでしたか？」

「只者じゃない。立ち振る舞い、それに気配の察知能力が異常だ。アレが当代の冰剣《ひょうけん》か」

「ええ。どうです。喰《く》らう価値はあるでしょう？」

「あぁ。あいつは極上だぜ……」

暴食《パラトロゴ》にとって魔術師は餌である。強ければ強いほど、より強力な魔術を喰らってそのまま術式ごと手に入れることができる。

そんな彼にとって、レイは最高級の御馳走にしか見えなかった。

彼曰く、若くて力のある魔術師の方が鮮度はいいとか。

力のある魔術師は七大魔術師を筆頭に、他にもいる。

しかし、暴食《パラトロゴ》にとってレイは特別だった。若い上に、七大魔術師の中でも最強と謳《うた》われている冰剣。彼がレイを求めるのは、ある種の必然だった。

「冰剣は俺が喰う。いいな？」

「もちろんです。私の狙いは一人だけですから」

そっと触れる胸元。

その下に眠っているのは、傷跡。大きく縦に裂かれたであろう傷跡はあまりにも生々しい。

「十年。十年も経《た》ちました」

「…………」

独り言のように語るモルス。

そんな様子をパラはただ、黙って見守る。酒を飲みながら、その狂気に染まる表情を見つめる。

「もう少しで、僕は成し遂げることができます」

十年。

モルスの因縁は、十年前に始まった。

「レベッカ＝ブラッドリィ。彼女の覚醒も近い」

「そうなのか？」

「はい。すでに確認済みです」

「ま、俺はそっちはどうでもいいが。興味はあるな。確か名称は……」

「──真理世界《アーカーシャ》」

「そうだ。それだ」

モルスはその問いにノータイムで答えた。

「ブラッドリィ家だけが持つそれは、世界を変革するにふさわしいものです」
もう少し。
もう少しだ。
後もう少しで、たどり着くことができる。
そしてあいつに復讐《ふくしゅう》を果たすのだと。
モルスは誓ったのだから——十年前のあの時に。
「……さぁ。行きましょうか」
迫る悪意。
蠢く意志。
アーノルド魔術学院での文化祭。
全てが大きな転機になる。

レイ＝ホワイト。
レベッカ＝ブラッドリィ。
マリア＝ブラッドリィ。
そしてモルスにパラ。さらには、ブラッドリィ家。

舞台は完全に整った。お膳立ても全て終了している。

準備は万全だ。あらゆるケースを想定して、失敗がないように下見も重ねた。

そこに隙などありはしない。

モルスはこの計画の成功をすでに確信していた。だが驕《おご》ることはない。彼は謙虚さもまた、兼ね備えていたのだから。

こうして、運命の文化祭が幕を開ける。

第四章　文化祭開始

ついにやってきた文化祭。

俺はいつものように目を覚ます。現在の時刻は、朝の五時。すでにこの学院は、祭りの当日ということでかなり盛り上がっている。

前日には内装を整え、さらには正門には大きな装飾がなされている。正門から校舎へと続く道には、屋台もすでに用意されており、準備は万全だ。

「ふぅ……いい天気だな今日も」

今日はランニングはせずに、一人で散歩をしていた。

俺は純粋に興味があった。

祭りごとに参加するのは初めてだ。書物を読むことで知識としては知っているが、体験するのは初とということで心が躍らずにはいられない。

クラスでの準備。それに生徒会での準備も万端。

出来ることは全て行った。全力を尽くしたと言ってもいいだろう。

祭りが始まる学内を進んでいき、辿《たど》り着いたのは俺が園芸部に入る時に作った小さな庭だ。

朝日は、もう夏のような強さはない。秋特有の、優しい光とでも言うべきか。そして水やりを終えた俺は、まだ時間があるなと思って目の前にあるベンチに腰掛けると、自作したサンドイッチを取り出す。

「レイさん……どうしてここに？」

「レベッカ先輩」

右手側を見ると、そこにはレベッカ先輩が立っていた。まるで信じられないものでも見たかのような表情。それは俺も同じだった。

「自分は水やり当番のついでに、朝食でも取ろうかと思いまして」

「え……？　本日は私の日ではなかったですか？」

ポカンとした顔になる先輩。だが俺の記憶が正しければ、今日の当番は俺のはずだ。

「お言葉ですが。確か今日は自分の日だと思います」

「……そ、そうですか。すみません。間違えてしまったみたいで」

髪の毛を忙《せわ》しなく触りながら、謝罪する。

「大丈夫ですよ。先輩も座ってはどうですか？」

「そうですね。折角来たのですから。失礼します」

俺の隣に腰掛ける際に、フワッと柑橘《かんきつ》系の香りが鼻腔《びこう》を抜けていく。

また、いま座っているベンチはちょうど二人用なので、距離が近い。それこそ、肩が触れそうな程に。

「朝食はまだですよね？」

「はい」

「ではこちらを」

「これは？」

「サンドイッチです。作ってきました」

「レイさんの手作りですか？」

「嫌でしたか？」

「いえっ！　それでは、いただきますね」

視線が交差する。そして、破顔する先輩。

そこには陰りなどなく、いつものように美しい笑顔だった。でも俺は測りかねていた。マリアとの件を経て、レベッカ先輩に何かあるのは間違いないと思っている。

「……んっ！　美味《おい》しいですねっ！」

「それは自分の中でも得意な料理の一つなので。といっても、料理と呼ぶには簡素すぎますが」

「いえ。十分素晴らしいものだと思いますよ？」

「恐縮です」

二人で並んで、朝日を浴びながらサンドイッチを頬張る。

この光景は先輩との在りし日々を思い出させる。

最初は確か、俺が一人で座って食事を取っていたのだ。そして、ともに同じフルーツサンドを頬張っていた。

それから半年近くが経過し、また同じ場所で同じように共に過ごす。レベッカ先輩と過ごす時間は、とても落ち着いていて心地好《よ》かった。


「――文化祭」


レベッカ先輩が声を漏らした。

俺に声をかけたと言うよりも、独り言に近いものだった。

「楽しいものになるといいですね」

「きっとそうなります。自分は今年が初めてなので、楽しみにしています」

「ふふ。そうですか。それじゃあ、絶対に成功させないといけませんね」

「はいっ！」

文化祭。絶対に成功させたい。クラスでもみんなで協力して全力を尽くした。きっと満足するものに仕上がっているだろう。

「自分のクラスはメイド喫茶をやりますので、絶対に来てください」

「確か、あの姿で出るんですよね？」

「はい。頑張らせていただきます」

「レイさんの女装はもはや芸術の域ですからね。私も楽しみにしていますね」

サンドイッチを食べ終わり、ハンカチで手を拭くレベッカ先輩。

「ありがとうございます。それにマリアも楽しみにしているようで」

「マリア……ですか？」

「実は……」

俺はレベッカ先輩にマリアのことを軽く話した。

女装した時に出会った話と、最近偶然会った話も。

もちろん、レベッカ先輩が何か隠していると互いに思っている話はしていない。

すると、納得したのか「あぁ……なるほど。そうだったのですか」と呟《つぶや》いた。

「この前、マリアにリリィーお姉様はどうしているのかと聞かれましたが……そうだったのですね。幸いにも、はぐらかしておきましたけど」

「マリアにはいつか折を見て、言えたらいいのですが」

「リリィーお姉様ですか。本当のお姉ちゃんは私なのに。ふふ、本当にレイさんは面白い人ですね」

先輩はクスクスと声を漏らす。

「それにしても、いつの間にマリアと仲良くなったのですか？」

再び視線が交差する。

瞳の奥で何を考えているのか、俺には分からない。

「仲が良《い》いですか。自分は普通と思いますが」

「いえ。あの子は男性を毛嫌いしているので、話すこと自体が珍しいのですから」

「そうなのですか？」

先輩は俺から目を逸《そ》らして、正面を向く。

彼女の目はどこか遠くを見据えていた。

「はい。見た目のことで、過去に色々とあったもので」

「……なるほど」

「しかし、レイさんには心を許しているのですね。良かったです。あの子の交友の幅が広がっているようで嬉《うれ》しいです」

レベッカ先輩は立ち上がってから振り返る。スカートがフワリと浮かび、重力に従って落ちていく。

瞬間、風が吹いた。

靡《なび》く先輩の艶《つや》やかな黒髪。

そんな先輩の姿はどこか哀愁が漂っているような気がした。

「マリアのことよろしくお願いしますね」

「先輩……」

「私は婚約した身です。上の兄が家を継ぐので、私は出る形になりますね。だからきっとマリアと過ごす日々はもっと減るでしょう。それにあの子は、私のことが苦手なようですから。だからレイさん。マリアのことをよろしくお願いします。ちょっとぶっきらぼうで、口も悪い子ですが、根は良い子です。とても優しい子なのです」

「はい。でもレベッカ先輩は……」

「私は良いのです。だからこれからも、あの子と仲良くしてください」

先輩は軽く一礼をすると、去っていく。

どうして。どうしてなんだ。

どうしてあなたは、悲しそうな顔でそんなことを言うんだ。一体何があるというんだ。

その場に一人残された俺は、立ち尽くすしかなかった。

◇

「なぁ。ホワイトの女装ってどうなんだ？」

「確か話題にはなってたよな」

「誰か知らないのか？」

「さぁ……なんか、やけに自信ありそうだったけど……」


教室内では俺の女装を心待ちにしているクラスメイトがいた。

今日のメイド喫茶では女装姿でフル稼働する予定であるが、この姿をクラスメイトに見せるのは初めてだった。

一応先にみんなには見せておいた方がいいということで、着替えて教室にやってきた。

『え？』

ほぼ全員の声が重なり合う。

スタスタと迷いなく進んでいくと、黒板の前に立つ。

そして、全員に向かって感想を聞いてみることにした。

「レイ＝ホワイトだ。感想はどうだろうか？」

その瞬間、教室内に爆音が広がる。

『え、えええええええええええええ⁉』

みんなの反応からして、この女装のクオリティが高いということだろう。

大変に、気分がいい。

「ふむ。いい感じだな」

ガーターベルトによって黒のストッキングはしっかりと固定されている。

そこからエリサが主導して作ったメイド服を着用。サイズもぴったりだ。

着丈と肩や腰まわり、どれも違和感はない。

このメイド服のスカートは短く、少しスースーするが、こればかりは機能性よりもデザインを優先しているので仕方がないだろう。

フリルが多く、さらにはスカートも短いということで見る限りかなり挑戦的なデザインだ。しかし……悪くはない。

頭飾りであるホワイトブリムも抜群に素晴らしいアクセントになっている。

それに、変態《メタモルフォーゼ》で全体の体のバランスも整えてある。

我ながら完璧な仕上がりだ。

その後も、教室内の騒ぎが収まることはなく俺の女装姿は全員の目に焼き付けられることになるのだった。

すでに内装も完了し、食料の準備、それにメイド服の試着も終了した。

俺は、午前中は主に調理を担当し、正午からリリィーとして活動することになっている。

今は元の制服姿に戻り、準備をしている。

華やかな内装と鮮やかな色彩が広がる空間。

テーブル席も用意して、すでに準備は万端だ。

他の生徒も手伝ってはくれるが、調理のメイン担当は俺、エヴィ、アルバートの三人になる。

「初日の午前中。ここは気が抜けない。噂《うわさ》なども重要になるからな。もちろん、女子たちのメイドによる接客も重要だ。しかし、俺たちの料理もまたこのメイド喫茶の成功を大きく左右する。最善を尽くそう」

『おう！』

調理場を後にすると、そこには……すでにメイド服に着替えた女子たちが並んでいた。

今日のシフトでは、アメリアとエリサが終日出てくれることになっている。

「アメリア。それにエリサ。とてもよく似合っている」

二人の側《そば》に近寄っていく。

アメリアは、くるっと回転してからスカートを少しだけ広げると、自慢げにその装いを見せてくる。

「見てっ！　可愛《かわい》いでしょっ！」

「あぁ。可愛いよ」

普通のメイド服ではなく、フリル装飾が多くさらにはスカートが短い。膝が僅かに隠れる程度の丈。それに、ストッキングを留めるためのガーターもまたよく見えるようにデザインしてある。

「エリサもよく似合っている」

「あ……ありがとう」

髪の毛を忙しなく触るエリサ。どこか落ち着かない様子。しかしそれも無理はないだろう。露出はある程度抑えてあるものの、それでも目立つのは間違いない。

「でもその……やっぱり恥ずかしいね。はは」

「エリサ、大丈夫だ。君は美しい。自信を持っていい」

「う。分かってるけど、レイくんに率直に言われるのは照れるね。あはは」

依然として顔は赤いままだ。だが、緊張が解《ほぐ》れたのか笑顔を見せてくれる。

「…………」

「どうしたアメリア」

半眼でじっと見つめてくる。

そんなアメリアは、何か不服を抱いているようだった。

「エリサは特に褒めるのね……」

「アメリアも美しいが」

「気持ちがこもってない」

ブスッとした顔でそう言うので、俺はすぐさまフォローに入る。

「アメリアの場合は、その美しい脚が魅力的だ。スッと伸びる綺麗《きれい》な脚線美。さらに程よくしまっているウエスト。アメリアは何よりもバランスがいいと思う」

「……べ、別にそこまで詳細に言わなくていいけどっ！」

今度は褒めると何やら怒られてしまった。

一体、今の正解はなんだったのだろうか……。


そして改めて、クラスメイトたちが全員集合する。役割分担としては、接客係、調理係、宣伝係にその他サポート。臨機応変に対応できるように、シフトは組んである。

俺は知っている。アメリアがこの文化祭にどれだけ懸けているのかを。それは毎日遅くまで残っている彼女を知っているから、よく分かる。

アメリアだけではない。クラスの全員が一丸となって協力することができた。

俺もまた、最善を尽くすことができたと思う。

だから絶対に、このメイド喫茶は成功させたい。

「みんな。ここまで付き合ってくれてありがとう。本当に……私のわがままに付き合ってくれて、感謝しかないわ」

頭を下げるアメリア。

彼女の真摯な姿を見て、俺たちはアメリアの想《おも》いを改めて実感する。

「今日から三日間。たった三日間だけど、きっと大変なこともあると思う。でも私は、みんなと一緒なら乗り越えることができると思うの」

クラスメイトたちもじっとアメリアを見つめる。

思えば、一学期の初めの頃はまだバラバラだったクラス。一般人《オーディナリー》である俺の存在、それに三大貴族であるアメリア。上流貴族であるアルバート。ハーフエルフであるエリサ。普通の魔術師の家庭出身である、エヴィ。

それぞれが違う立場だった。

でも今は、それを超えて一つの意志を持っている。

やはり俺はここにきて良かったと思う。

「じゃあ。最後に、レイから言葉をもらおうかしら？」

「俺……でいいのだろうか」

別に俺は今回のクラスの出し物に関して、中心になっていたわけではない。生徒会にも顔を出していたこともあるからだ。

ふと、全員の顔を見る。

みんな頷《うなず》いていた。まるで、俺がここにいていいと。俺からの言葉を心待ちにしているのだと。そんな雰囲気だった。

入学当初のような拒絶する空気はなかった。

「レイ。みんな分かっているのよ。やっぱりあなたが中心になっているって」

「……そう、なのだろうか」

周囲から声が上がる。

「ま、なんだかんだ。ホワイトがいたのは大きいよな」

「うんうん。私たちがまとまったのも、あなたがいたからよ」

「それに女装もあるしなっ！」

「あぁ。間違いないっ！」

瞬間、ドッと教室内が沸き上がる。

俺は軽くフッと微笑《ほほえ》むと、アメリアと入れ替わるようにして円の中心にやってくる。

「この文化祭。俺にとっては初めての文化祭だ。だからまだ慣れていないことも多い。だが一つだけ。たった一つだけ思っていることがある。今回のメイド喫茶はここにいる全員がいなければ、成し遂げることができなかったと……俺は思う。月並みな言葉になるが、成功させよう。俺はみんなと一緒に、この文化祭を楽しみたい」

思ったことを口にしてみた、そしてニコリと微笑むアメリアが最後にこう言ってきた。

「レイ。最後に掛け声よろしく」

「そうだな……」

「絶対に一位をとるぞっ！」

『お────っ！』

全員でその拳を天高く突き上げる。

そしてついに、メイド喫茶が開店することになった。

◇

「いらっしゃいませ～」

「二名様入りま～すっ！」

文化祭が始まった。

初の試みであるメイド喫茶は噂が噂を呼んでいたのか、初日の午前中からそれなりの数の人がやってきていた。

「三番。ティーセットねっ！」

「四番はオムライス二つ！」

「一番はサンドイッチ二つよっ！」

と、メイド服を着た女子たちが注文票をその場に貼り付けていく。

主に俺とエヴィ、それにアルバートは分担して調理にあたる。

「俺がオムライスをやろう。エヴィはサンドイッチ、アルバートはティーセットで頼む」

『了解っ！』

客足が止《や》む事はない。

接客をしているアメリアたちもそうだが、俺たちも休む暇はない。

俺はオムライスを調理していく。あらかじめみじん切りにしておいた、野菜、それに粗く細切れにしたチキンをフライパンに投入し、それをライスと混ぜる。

最後にケチャップを適量注いで、チキンライスはあっという間に完成。問題はここからだ。

うちのオムライスの売りは、『半熟トロトロオムライス』という名前の通り、半熟の卵を載せなければならない。これはかなりの技術が要求されるが、俺にとっては朝飯前である。

「よっと……」

素早く盛り付けると、待機しているアメリアに渡す。

「オムライス。上がった」

「おっけー！」

アメリアが颯爽《さっそう》とオムライスを持っていくと、次々と客のもとに出していく。俺は厨房《ちゅうぼう》から、チラリと食べる様子を窺《うかが》う。

「うまっ！」

「このオムライス、半熟具合がいいなっ！」

男性客二人は、満足気にオムライスを頬張っていた。そんな様子を見て、俺は口元が僅かに緩んでしまう。

「ふっ……」

だが余韻に浸っている暇などなく、際限なくやってくる注文。

「や、ヤベェなこれ……」

「確かに。かなりの注文だ。予想の倍はいっている」

エヴィとアルバートはそう声を漏らす。確かに、まだ材料は足りるが思ったよりもペースが速い。これはメイド喫茶という新しい出し物に、寄せられた客が多いと考えた方がいいだろう。

その後、何とか午前中の分の調理を終了した俺は……ついにあの瞬間を迎えることになる。

「レイくんっ！　もう行った方がいいよっ！」

「了解した、エリサ」

ある程度作り置きもしておいたので、俺はエプロンをサッと取り外すと、空き教室へと向かう。そこには俺の化粧道具と、メイド服がすでに準備されている。

現在の時刻は、午前十一時二十分。リリィーの登場は、十二時からだ。宣伝でも、『伝説のメイドが現れるっ⁉』と新しい看板を用意した。

教室を出ていくと俺はその前で待っていたマリアとばったり出会う。いつもより気合が入っているようで、メイクもしている様子。

髪の毛もオイルをつけているのか、椿《つばき》の良い香りがする。それに僅かに艶やかに光る純白の髪はとても綺麗だ。

「マリアじゃないか」

「ん？　あぁ、レイか。やっほ」

手をひらひらと軽く振ってくるマリア。

そんな彼女の隣では次々と教室内に客が入っていくのに対して、マリアはなぜか一人で待機していた。

まさかこれは……。

「入らないのか？」

「私はこれ待ちだから」

顔の前に出してくるのは、『伝説のメイドが現れるっ!?』という広告のビラだった。確か今日の朝から配り出したものだが、マリアは分かっているようだな……。

これは気合を入れないといけない。

「これってリリィーお姉様でしょう？」

「そうかもしれないな」

「ふふ。私は記念すべき第一号なのよっ！」

いつもは不機嫌な顔をしていることが多いが、今は心からの笑顔を見せてくれる。

どうやら、心待ちにしているようだ。

だからこそ俺は、全力を尽くすべきだろう。

「そうか。きっと楽しめると思う。では俺は所用があるので、失礼する」

「うん。またね」

奇《く》しくも、数十分後には顔を合わせることになるが、マリアは知る由もない。

そして俺は、空き教室へと走っていくのだった。


「よし」

女装セットはすでに揃《そろ》っている。扉に鍵を閉めて、早速、女装に取り掛かる。

今回のメイド喫茶に当たってのテーマは清楚だ。

そのため、メイクも最低限で済ませる。

下地を塗って、その上から次々と重ねていく。そしてアイラインも綺麗に整えると、睫《まつ》毛《げ》をしっかりと上にあげてから、ブラシで軽く整える。最後に唇《リップ》に一筋の薄いピンク色のラインを引いて完成。

鏡で自分を改めて確認する。

うむ。問題ないな。

女装を終えると教室の隅に置かれている、姿見の前に歩みを進める。

「良い感じだ」

ふと、自分の右手を見つめる。

あの頃からもう三年近く経過した。この手はずっと血に染まっているはずだった。しかしどうだ。今の俺は、この文化祭を心から楽しもうとしている。

俺はもう、自分の意志で進んでいける。

大切な仲間がいるから。

「よし。頑張ろう。みんなのために」

そうして俺は、一人のメイドとして戦場《きょうしつ》へと向かうのだった。

プロであり、スペシャリストとして──。

◇

「ええ……あれは伝説だったわね」

これは伝説のメイドを追いかけた取材の一部。

彼女の存在をいち早く知り、一番初めにサービスを受けたマリア。彼女は伝説のメイドであるリリィーをこう語る。

った。

「元々そのポテンシャルは理解していたわ。だって、お姉様だもの」

それは自信に溢《あふ》れていた。まるで、自分の実績のように語るマリアはどこか嬉しそうだった。

――サービスの質は、いかがでしたでしょうか？

その質問に対して、ハッと鼻で笑うマリア。

「サービスの質？　そんなの愚問でしょ。最高よ。最高。リリィーお姉様のそれは……まさに、史上最高のものだったわ」

純白の髪をサラッと掻《か》き上《あ》げて、彼女は冷静に語る。

――伝説のメイド。リリィーに関して、以前からご存知だったとか。

「もちろんよ」

まるで自分こそが最古参なのだと誇張するようにして、小さな胸を張る。厚みはない。でも彼女の存在はどこか大きく見えるのは錯覚ではないだろう。

「あれは、夏の夜のことよ。近道をして帰ろうと思って、薄暗い路地裏に入ると……変な男たちに絡まれたの。私がどうしよう、と考えていると天使が現れたの」

――天使、ですか？

「ええ。いや、あれはもはや……そんな言葉で形容すべきではないのかもしれないわ。リリィーお姉様は、その時から全てを超越していたもの」

徐々に興奮してきたのか、呼吸が荒くなる。さらには、頬も微《かす》かに赤く染まっている。

マリアは思い出していた。リリィーとの出会いを。

――なるほど。それで、三日ともに一番初めにサービスを受けた感想は？　日にちによって質の変化は？

「ない……といいたいところだけど。実際はあったわ」

――それは、サービスの質が低下した……という意味でしょうか？

「ばっか。そんなわけないわよ。リリィーお姉様のサービスは、日を経るごとに増していったわ」

マリアはその裏事情を知らないが、リリィー（レイ）はマリアに対しては妙に熱のこもった接客をしていたのだ。

もちろん客によってサービスの質を大幅に変えることはないが、人間とはやはり、感情が絡むとどうしても変化してしまうものである。

マリアに対しての接客は、リリィーなりの思いやり。それは慈愛……と言ってもいいかもしれない。愛情を持って接してくれたリリィーを、マリアはさらに敬愛するようになったのだ。

――それではここで終わりとさせていただきます。取材を受けてくださり、ありがとうございました。

「別に……ただ、リリィーお姉様のことちゃんと書いてよね」

後にマリアは、リリィーのファンクラブを設立することになるのだが……それはまだ、先の話である。


「いらっしゃいませ～☆」

リリィーの接客を受けたいということでずっと待機していたマリアが、一人でソワソワとしながら教室内に入ってくる。

キョロキョロと周囲を見回し、わずかに俯《うつむ》いている。さらに彼女の頬は赤く染まっていて、照れているのだろうか。

「マリアさん。ご無沙汰しております」

「あ……ひゃ、ひゃいっ！　ご無沙汰してますっ！　お姉様……っ！」

マリアを席に案内して、声をかけた。

どうやら緊張しているようなので、解きほぐすためにも少しだけ会話をした。マリアがどんな想いで、それもたった一人でやってきているのか、俺はよく知っているからだ。

「わざわざ待っていてくださったのですね。ありがとうございます」

ペコリと丁寧に頭を下げる。

「あ……！　その……お、お姉様に会えるのなら私はいつまでも待ちますよっ！」

「ふふっ……ありがとうございます。それでメニューはいかがいたしますか？」

「え、えっと……」

メニュー。

そこにはオーソドックスなメニューしかないと思うだろうが、違う。リリィーが登場した時だけ存在する裏メニュー。それは正午より、メニュー表に現れるものだ。

「こ、この……『萌《も》え萌えオムライスセット』っていうのは？　お姉様がいる時間だけ限定？　いや、リリィーお姉様限定って書いてありますけど」

「それは、私が出勤している時間のみの特別メニューです。注文しますか？」

「は……はいっ！　お願いしますっ！」

「かしこまりました」

マリアから『萌え萌えオムライスセット』の注文を受けて俺は、それを厨房へと通す。

「『萌え萌えオムライスセット』、一つ入りました～☆」

「了解した……」

「ついにきたか……」

「ヤベェよ……ついに出るのか……」

厨房にいるアルバート、エヴィ。それに俺と入れ替わりで入ってくれた男子生徒たちが神妙な面持ちで調理に入っていく。

「よし。上がったぞ」

アルバートから差し出されたオムライスとサラダ。それに飲み物もつけて、一つのプレートに納めてからマリアの元へと運んでいく。ただし、ケチャップはまだかけてはいない。

「お待たせしました～☆『萌え萌えオムライスセット』になります」

「あ、ありがとうございますっ！」

俺はそこから、このメニューの説明に入る。

「さてこちらのメニュー。召し上がっていただく前に、私が魔法をかけちゃいます」

「……ま、魔法ですか？　魔術ではなくて？」

「ええ。とっておきの美味しくなる魔法です」

ケチャップをハートの形にして描くと俺は気合を込めて……伝家の宝刀を抜いた。


「美味しくなぁれっ！　萌え萌え、きゅ～ん☆」

両手をハートの形にして注ぐ想い。マリアには特別に気持ちを込めておいた。

このポーズをするにあたっては、恥ずかしさなどはない。

なぜならば、俺はプロでありスペシャリストだからだ。

これが俺の提案した『萌え萌えオムライスセット』である。

リリィーにしかできない芸当だ。まずこれをするにあたって、恥ずかしさは見せてはいけない。至極真面目な顔で、本気で取り組む必要があるからだ。

「────────ッ！」

そしてマリアは、途端に鼻を押さえ始めた。

「大丈夫ですか？　どこか優れないところでも？」

不安になり、声をかけるがマリアは俺に向かって制止するように手をスッと上げた。

「だ、大丈夫です、お姉様。つい、感極まってしまいまして……」

「そうですか。それならよかったのですが」

「お姉様」

「はい。なんでしょうか」

笑みを浮かべる。

今の俺はレイ＝ホワイトではない。メイドの一人である、リリィー＝ホワイトだ。

マリアにメイドとして向き合う。

きっとこれが、少しでも彼女の癒《いや》しになればいいと。そう思っているからだ。

「とっても美味しそうなオムライスになりましたっ！　本当にありがとうございましたっ！」

頭を下げるマリア。そんな彼女に向かって俺はこう告げた。

「そう言ってもらえて、私も嬉しいです。それでは失礼します」

「お姉様。三日間、全て一番乗りで来ますっ！　朝から並びますっ！　だから明日も、よろしくお願いします！」

「……ふふ。ありがとうございます。マリアさん」

くるりと向き直ると、わずかにスカートが翻りふわりと浮かぶ。

マリアに向かって最高の笑みを浮かべると、俺は次の接客へと移行する。とりあえずは、滑り出しは好調。

この調子で、残りの時間も最善を尽くす！

「アメリア。俺はこれで上がる。すまないが、あとはよろしく頼む」

「十分すぎるほどよくやってくれたわよ。他の子もかなり休憩に入ることが出来たし。一人で何人分もの仕事を本当にしちゃうんだから」

「わがままを言っているからな。当然だ」

「じゃ、行ってらっしゃい」

「あぁ。行ってくる」

教室から出ていく。向かうのは、着替えに使用した空き教室。そこで素早く女装からいつもの姿に戻ると、改めて姿見で自分の容姿をチェックする。

化粧の落とし忘れなどあってはいけないからな。

「うむ……大丈夫だな」

空き教室を出ていくと、向かう先は生徒会室だった。

「レイ＝ホワイトです。失礼します」

ノックを三回ほどして、俺は室内に入る。そこには、レベッカ先輩とセラ先輩が待機していた。

「レイさん。早いですね」

「遅れがあってはいけないので」

そしてセラ先輩は立ち上がると、俺の方に近寄ってくる。

「レイ。頼んだわよ」

「……はい」

レベッカ先輩には聞こえないように言うと、俺と入れ替わるようにしてセラ先輩が出ていく。

実は彼女とは、昨日あることを話していたのだ。

「レイ。明日の見回りだけど」

「はい」

「レベッカ様と行動することを許可するわ」

「元々はセラ先輩がする予定では？　それに男性の自分と二人で見回りをするのはよくない、ということを聞いていましたが」

そう。レベッカ先輩はすでに婚約者のいる身。男性と二人きりになるのは外聞が悪いということで、先輩と人の多い場所で二人きりになるのは遠慮していたのだ。

そのような背景もあり、文化祭が開催される三日間はレベッカ先輩と二人きりになることはない……と思っていたのだが、セラ先輩は俺に小さなブローチを渡してくる。

「これは？」

「認識阻害の魔術を組み込んであるわ。少量の第一質料《プリママテリア》を流せば、起動するから。一応手作りだけど、問題ないはずよ」

「……なるほど」

俺はじっと、そのブローチを見つめる。小さな向日葵《ひまわり》を模したブローチ。しかし認識阻害の魔術をこれに組み込むなど、それなりに高い技術が要求される。

だというのに、セラ先輩はこれを自作したという。

それが意味するところは……。

「よっぽど近距離に寄らない限り、男子生徒とは思われないはずよ。周りからは女子生徒に見えるように設定してるから」

「そんな高度な魔術を……どうして俺に？」

「レベッカ様はやっぱり、この文化祭を楽しむべきだと思うの」

真剣な声色。

先輩は話を続ける。

「私は去年、レベッカ様と楽しんだし。それに……今はちょっとね。でも、レイになら任せてもいいかなって。前も言ったでしょ？　あんたのことは信頼してるって」

「先輩。しかし、自分でいいのでしょうか……」

少しだけ不安を吐露してしまう。

レベッカ先輩とセラ先輩は幼い頃からの親友であり、その間に俺なんかが入ってもいいのかと……そう考えてしまう。

それを分かっているのか、先輩は俺の側に近寄ってくるとギュッと両手を包み込んでくれる。

「レイもそんな不安そうな顔をするのね。意外だわ。いつも毅然《きぜん》としてるから」

「……俺はまだ、人との距離感を測りかねています。その心に触れるのが、怖いと言うべきでしょうか」

「そっか。そうよね」

「……はい」

先輩は俺の過去を聞かない。セラ先輩にならば、話してもいいと思っている。でも先輩は、俺のことを気遣って何も聞かないのだ。

分かっていた。

彼女はずっと、優しい人だと。

俺が園芸部に入ろうとした時、反発したのはレベッカ先輩のため、それに他の部員のためだった。自分から嫌われ役を買って出たのは、後になって理解した。

俺はそんな優しいセラ先輩のことが大好きだった。

だから先輩の前では、つい……不安が溢れてしまった。今までなら、それを抱え込んでいた。

だが、先輩にならば言ってもいいと。受け止めてくれると。

きっと無意識に、そう考えていたのかもしれない。

「私はね。レベッカ様のことが大好きで、いつも彼女のことを考えている。その苦労は、三大貴族の辛《つら》さは、目の前で見てきたから。でも今必要なのは、私じゃないと思うから。任せたわよ」

「先輩のご好意。無駄にはしません」

「よろしくね。レベッカ様のこと」

「はい」


そして今に至る……というわけだ。

「レイさん。では行きましょうか」

「はい」

レベッカ先輩に促されて、俺は一緒に肩を並べて生徒会室を後にする。

俺は、ポケットから向日葵のブローチを取り出すと、第一質料《プリママテリア》を流し込む。

それを丁寧に胸元につけると、二人で見回りに向かうのだった。

「それにしても――」

二人で校舎内の見回りを行う。

レベッカ先輩は訝《いぶか》しそうな顔で俺のことをじっと見つめてくる。

「ディーナさんも大変なようで。いつもお世話になってばかりで……レイさんも急に手伝ってくれてありがとうございます」

「いえ。大丈夫です。今日はもう仕事もありませんので。それにしても、先輩にとってセラ先輩は特別な人なのですね」

そう言葉にすると、先輩がその場に立ち止まる。

俺は振り返ると、周囲の喧騒《けんそう》に呑《の》まれるようにして、ポツンとレベッカ先輩の姿が際立って見える。

周りの生徒たちは文化祭を楽しんでいる。出し物をしている生徒たちも、この文化祭に来ている人たちもみんなが、楽しそうに笑っている。

そんな中で、俺と彼女は向かい合う。

まるでこの世界の時が止まってしまったかのように。

そして先輩は、俯いたと思いきや……ボソリと呟いた。


「——レイさんには、そう見えますか？」

その声は今まで聞いた中でも、一番自信のなさそうな声色。

不安が入り混じっているものだった。

そして初めて先輩が弱さを見せたと、俺は思った。

ギュッと両手を握りしめて、俺のことを見上げてくる。

交差する視線。

それは微かに、熱を帯びているように思えた。

「はい。お二人はとても仲がいいのだと、そう思っています」

「そうですか」

ニコリと微笑む先輩。

安心したのか、雰囲気が少しだけ柔らかくなる。

「でも、ディーナさんも心配性というか……」

「この魔道具ですか？」

「はい。でも、その……レイさんと文化祭を一緒に回ることができて、嬉しいですけどね。レイさんには特にこの文化祭を楽しんでほしいと思っていましたから」

「そうなのですか？」

「はい。生徒会の件で、ただでさえご迷惑をおかけしたのです。そう思うのは至極当然です」

「なるほど。先輩は優しい人ですね」

「ありがとうございます」

そしてその後は、二人で色々な場所を回った。

今のところ、文化祭は何も問題はなく恙無《つつがな》く進行している。

俺は途中であることを思いきつき、立ち止まる。

「レベッカ先輩、お昼は食べましたか？」

「レイさん？　どうかしましたか？」

「まだですけど？」

「では、二人で軽く食べましょう」

「えっと。一応、お仕事の最中ですけど……」

「セラ先輩に言われているのです。適度に休憩は取っておけと。それにレベッカ先輩は無理をするから、あんたがしっかりしなさいと」

「もう。ディーナさんったら……」

少しすねたような顔で、小声で不満を漏らす。

今日は先輩の色々な顔を見ることができて、とても新鮮だった。

俺たちは外にやってくると、校舎から正門へと続く真《ま》っ直《す》ぐな道で開かれている店で食べ物を買うことにした。

選択したのは、たい焼きというお菓子だった。俺は初めて食べるのだが、先輩曰《いわ》くとても美味しいとか。なんでも、数年前に東洋から輸入され始めた品らしい。

鯛《たい》という魚を模したお菓子らしいが、なかなかに香ばしいいい匂いが漂ってくる。

「では、私はカスタードで」

「自分はあんこで」

互いに味を選んで購入し、近くにあるベンチに座る。

小さな口を開けると、パクリと頬張る先輩。

「う〜んっ！　美味しいですねぇ……っ！　やっぱり私はカスタードが好きです！」

レベッカ先輩を横目で見ていると、彼女はそれを俺の方へと向ける。

「その……ちょっと食べますか？」

「いいのですか？」

「はい。そんなに食べたそうに見つめられると、あげないと可哀想《かわいそう》ですから」

「はは。すみません。ちょっと味を想像してしまいまして」

レベッカ先輩は左手で髪を耳にかけるようにして掻き上げると、俺に渡してくるのではなく、ズイッと口元にそれを運んでくる。

「……あ、あ〜ん」

「では失礼して」

先輩の食べかけの部分を口にすると、口の中にカスタードの甘さが広がった。

レベッカ先輩もどうやら俺のものを食べたそうにしていた。

「自分のも食べますか？」

「え……！　い、いいんですか？」

上目遣いでじっと見上げてくる。

こちらが一方的にもらいっぱなしなのは悪いだろう。

先輩と同じように、たい焼きを口元に運ぶ。

「はいでは、どうぞ」

「失礼して……」

パクリと俺の食べかけの部分を頬張る。

すると、ふにゃっと緊張が解けたような雰囲気になる。

「はぁ。あんこも美味しいですねぇ」

「思ったのですが、先輩は甘いものがお好きなようで」

「それはもちろん！　女性としては、甘味は押さえておくべきですからっ！　常識ですよ？」

「なるほど。それと、緊張は少し解けたようですね。良かったです」

「あ……」

声を漏らすレベッカ先輩。

「あはは……実は生徒会長として、文化祭をちゃんと運営できるか心配で。レイさんには見抜かれていたようですね」

顔を赤くして、先輩は頰を軽くかく。

「いえ。緊張は誰にでもあることかと」

「そう言ってもらえると助かります。それでは、今日も残りの時間はしっかりと見回りをしましょうっ！」

「はいっ！」

そして先輩と二人で、再び文化祭の喧騒の中へ進んでいくのだった。


「ではレイさん。お付き合いいただき、ありがとうございました」

「いえ。では、自分はこれで失礼します。明日以降もよろしくお願いします」

「はい」

レベッカ先輩と別れる。

あれから二人で校舎の外、それに校舎の中を見回ったが特に何も起きることはなかった。

現在の時刻は午後四時。あと一時間もすれば、文化祭初日が終了する。

俺は、自分の教室へと歩みを進める。

その際にふと、振り返ってみる。

そこにはレベッカ先輩が悠然と逆方向に歩いていく姿が見えた。

二人で見回りをしている時は、楽しそうだったと思う。

もちろん仕事をしているので、楽しいかどうかは二の次なのだが……俺は考えていた。

レベッカ先輩がみんなに文化祭を楽しんで欲しいと願っているのは分かる。

だが先輩はどうなんだ？

肝心の彼女は心からこの文化祭を楽しむことができているのか？

そんな先輩の後ろ姿は、やはりどこか哀愁が漂っているような気がした。

俺はそんなことを思いながら、教室へと戻っていくのだった。

◇

「はぁ。つっかれたぁ……」

文化祭初日が終わった。

「お疲れだったな。アメリア」

「レイも頑張ったでしょ？」

「そうだが、俺は生徒会の手伝いもしてたしな。意外と暇だった」

「ふ～ん。で、誰と今日は一緒だったの？」

アメリアが半眼でじっと見つめてくる。

「レベッカ先輩だ」

「二人きりで？」

「見回りをしていた」

「ふ～ん。ふ～ん……」

半眼で俺の目をじっと射貫《いぬ》いてくると、プイッと横を向いてしまう。

「ど、どうした？　何かあったのか？　もしかして疲れが――」

「違うけど……その。ま、いいけどね。レイが生徒会を手伝うって言った時から、そうじゃないかと思ってたし。でも！」

トントンと俺の胸元を指で突《つつ》いてくる。

「レイってば、無自覚なところがあるんだから……変なことしちゃダメよ？」

「もちろんだ。変なことなどしない」

「……認識に齟齬《そご》があるけど、まぁ……いいや。今日は頑張ってくれたしね。それに言っても直らないと思うし」

アメリアはグッと背筋を伸ばして教室の外へと向かう。

「じゃ、着替えてくるから」

「わかった。クラスメイトは全員残しておいた方がいいだろう？　明日の打ち合わせもあるしな」

「そうね。お願い」

そうして彼女は、教室を後にするのだった。


「今日の売り上げだけど……」

教室内に全員が集まり、今はあの喧騒も束《つか》の間《ま》。

静寂が場を支配していた。

「なんと、予想を上回っていました！　みんなありがとう！　この調子だと、優勝できるかも！」

『おぉ……！』

全員が感嘆の声を漏らし、拍手をするクラスメイトもいた。俺もまた、大きな拍手をみんなに送る。

「みんな！　すごい！　これはすごいぞ！　きっとこれは優勝できるに違いないっ！」

俺はあまりの大きな成果に、テンションが上がっていた。拍手をしながら、みんなに向かってそういうとみんなそろって満更ではない顔をしていた。

「そっか……俺たち頑張ったよな！」

「あぁ！　間違いねぇ！」

「そうよ！　よくやったと思うわ！」

水面に波紋が広がっていくように、徐々に声が大きくなっていく。

俺たちは予想を上回る仕事をすることができたのだ。それは何よりも、称賛すべきことだろう。

達成感。

だが、アメリアはまだ油断していなかった。

「みんな静かに。ここからが大事なの」

トントンと黒板を叩《たた》いて、全員の注目を集める。そして手元にある資料を見ながら、アメリアは話を続ける。

「今日レイに、リリィーとして出てもらったけど……きっと噂が噂を呼んで、明日は倍のお客さんが来ることになると思うわ。これは想定内だけど、まだ油断しちゃダメよ」

真剣な声音で現状と、そして今後の展望を語るアメリア。

その瞳には、しっかりと今後の未来が見えているのだろう。

「食材もまだ十分だけど、みんなの疲労とかもあると思う。今日は初日だったしね。それに、最終日に行くにつれて、お客さんは増えるわ。ピークは三日目のお昼。それまで、みんなで頑張っていきましょう」

『おー！』

改めて、このクラスはしっかりと団結していると……そう思った。

「レイ。ちょっといい？」

「どうした、アメリア」

解散となり寮にみんなが戻っていく最中、アメリアに声をかけられた。隣には、エリサもいた。

「リリィーだけど。明日もいける？」

「もちろんだ。準備は万端だ」

「レイくん……！　リリィーちゃん、すごく可愛かったよっ！」

「ありがとうエリサ。でも、エリサも可愛かったぞ？　それに接客もしっかりと出来ていたようだな。苦手と言っていたが、本当にすごいと思う」

「え。えへへ……ありがと」

微笑みを浮かべるエリサ。

そしてもちろん、すかさずアメリアにも声をかける。

俺は学習し、それを活《い》かすことができるということを証明しよう。

「アメリア」

「な、何?」

クルクルと紅蓮《ぐれん》の髪を指に巻きつけている。これは彼女の癖だと最近気がついたが、妙に可愛らしい。

「アメリアも本当によく頑張ったと思う。今日はずっと働き詰めだったんだろう?」

「そうだけど……」

「明日も頑張っていこう。最高の文化祭にするために」

俺が笑顔を浮かべると、アメリアとエリサはポカンとした表情を浮かべる。

「どうかしたのか?」

「いや。最近、レイってば……よく笑うようになったなって」

「う……うん。でも、すっごくいいと思うよ!」

「そうか……いや、これはきっとみんなのおかげだと思う」

俺が自然に笑うことができるようになっているとしたら、それはきっと……みんなのおかげに違いない。

師匠たちと出会い、この学院で友人と出会い、心から笑えるようになった。

俺はきっと人として大きく成長していくことができたのだろう。いやきっとこれからも、俺は成長していく。みんなと共に。

明日の文化祭も頑張っていこう。

改めて、そう誓った。

◇

アーノルド王国のとある地下空間。

優生機関《ユーゼニクス》は各国に支部が存在しており、その中でもアーノルド王国は本部とされている。

もちろん、そのことを知る者は優生機関《ユーゼニクス》以外いない。

「さて、計画は順調に進んでいるのか？」

「はい」

七人の男女が円卓に並んでいる。

年齢、性別、人種は多種多様。

彼、彼女たちは優生機関《ユーゼニクス》の上層部。モルスはちょうど、上層部に今回の件について報告をしにきていた。

現状、モルスは優生機関《ユーゼニクス》の中でも上層部に最も近い存在だ。

優生機関《ユーゼニクス》では全ての研究者が上層部へと入ることを望んでいる。なぜならば、今まで蓄積されてきた真理世界《アーカーシャ》に関する知識に自由にアクセスできるからだ。

末端の研究者では決してアクセスできない知識。それを求めて、皆は研究を続ける。

モルスは今までの様々な研究の実績、それに加えて今回の件を完遂すれば、上層部の仲間入りができると約束されている。

「レベッカ＝ブラッドリィの件は順調に進んでおります」

「レベッカ＝ブラッドリィは貴重な聖人《クロイツ》だ。真理世界《アーカーシャ》に至るには聖人《クロイツ》の確保は必要不可欠。ただし覚醒した状態でな」

「は。今回のために暴食《パラトロゴ》も雇っております。抜かりはありません」

「ほう……かの暴食《パラトロゴ》か。七大魔術師に匹敵すると言われている、殺戮《さつりく》に特化した魔術師。確か……七大魔術師候補も喰《く》らってさらに凶悪になっているとか。良い人選だ」

「ありがとうございます」

真理世界《アーカーシャ》。

世界の全てがそこにあると言われている。

過去、現在、未来。この世の全ての情報が存在している特殊な空間。

そこに至ることができれば、世界を支配できるとされている。

優生機関《ユーゼニクス》の目的は、真理世界《アーカーシャ》に至ること。

ただし真理世界《アーカーシャ》に至るには聖人《クロイツ》と呼ばれる人間の特殊な力が必要となることが、最近になって判明した。

世界に数十人しか存在しない聖人《クロイツ》。

優生機関《ユーゼニクス》はちょうどそれを集めている最中だった。

「もちろんでございます」

「それに加えて、虚構《きょこう》の魔術師も暗躍している。レベッカ＝ブラッドリィ、それに虚構の二つをどうにかできれば君にはそれ相応の席を用意しよう」

「は。ありがたき幸せ」

恭しくモルスは頭を下げる。

そして彼は自分の計画を改めて説明する。

「まずはレベッカ＝ブラッドリィの力を覚醒させる必要がありますが、レイ＝ホワイトの存在も重要だと考えています」

「ふむ……しかし、氷剣であるレイ＝ホワイトはあまりにも強力。我々の判断としては、まだ手を出すのは時期尚早だと考えるが？」

「それも理解できます。しかし、レイ＝ホワイトも同じ聖人《クロイツ》。彼の能力も引き出すことができれば、聖人《クロイツ》が二人も手に入ることになります」

「なるほど……それで、レイ＝ホワイトの相手は誰がする？」

「暴食《パラトロゴ》に任せます」

「かの暴食《ぼうしょく》の魔術師か。確かに七大魔術師を超えるとも言われている彼はレイ＝ホワイトにふさわしいだろう」

モルスは初めから暴食《パラトロゴ》をレイとぶつけるために雇っていた。彼ほどの実力がなければ、氷剣であるレイには対抗できないと考えているからだ。

「それで虚構の魔術師──リーゼロッテ＝エーデンはどうする？　相手もレベッカ＝ブラッドリィの価値に気がついてすでに動いているようだが」


氷剣の魔術師。

灼熱の魔術師。

幻惑の魔術師。

絶刀の魔術師。

虚構の魔術師。

燐煌《りんこう》の魔術師。

比翼《ひよく》の魔術師。

現在存在している七大魔術師の中でも、虚構はもっとも異質な存在とされている。

純粋な魔術戦だけならば氷剣こそが最強だが、虚構は魔術の性質的にもっとも厄介と優生機関《ユーゼニクス》は評している。

「虚構もまたレベッカ＝ブラッドリィの力を引き出そうとしているのは分かっています。今は泳がせておいて、後から全てを奪い取ります」

「確かお前は、虚構とは因縁があったな？」

「はい……だからこそ、今回は虚構との因縁にも決着をつけます」

「ふむ。いいだろう。期待しているぞ」

「は」

宿る殺意。燃え盛るような殺意を持っているモルスはグッと拳を握り締める。

彼の目的は真理探究。そのために優生機関《ユーゼニクス》に所属している。

それと同時に彼には因縁があった。

虚構の魔術師――リーゼロッテ＝エーデン。

十年もの間、ずっと虚構の魔術師を殺すためだけに生きて来た。

彼女に対する強大な殺意と、真理に到達するという目的。

その二つを心に刻み付け、モルスは計画を進行していくのだった。

◇

深夜。

私はワインを片手に、窓越しにきらめく月をぼんやりと見つめていた。

ふと自分の過去のことを思い出す。

——人の心が知りたい。

私は物心ついた時から、人の心が分からなかった。

どうして笑って、喜んで、泣いて、怒っているのか。おおよそ普通の人間に備わっている感情というものが私には全く分からなかった。

人間が生まれた時から持っているはずの感情《もの》を私は持ち得ていなかった。

「気味が悪い……」

「ずっと無表情で気持ち悪い」

そんな言葉をかけられるのは当然だった。

その一方で私には魔術師としての大きな才能があった。

私は百年に一人の天才だと言われた。同世代にリディア＝エインズワースという天才がいたが、彼女に匹敵するほどの天才だと。

人の心とは違って、魔術は私にとって理解できるものだった。

魔術がどのように構築されているのか、コード理論はどのように働いているのか、人間の心的イメージがどのように魔術に反映されているのか。

普通の魔術師が分からないことが、私には容易に理解することができた。

「素晴らしい！」

「天才だ！　彼女は真の天才に違いない‼」

周囲の人間は私を褒《ほ》め称《たた》える。将来は七大魔術師に到達する器であると。

神から才能を与えられた最高峰の天才であると。

そして私――リーゼロッテ＝エーデンは七大魔術師が一人、虚構の魔術師となった。

歴代の中で、二番目の若さだという。

もちろん、一番はリディア＝エインズワースであり、彼女には劣るのは分かっていた。

しかし、周りは私を褒め称える。

若くして七大魔術師に至った、史上最高の天才の一人であると。

けれど、私が欲しかったのは地位でも名声でもなかった。

私が欲しかったのは——周りの人と同じように、笑って、喜んで、泣いて、怒ったりする極々当たり前の感情だった。

両親にすら敬遠されていた私は、いつも一人だった。

人の感情が理解できないため、完全に周囲から浮いていた。

それに拍車をかけるように、巨大な才能は私を孤独にした。

孤独に対して何か思うところはない。

私にそんな感情は備わっていないから。

ただただ、知りたかった。

人の心を私は知りたかった。

そんな時に彼と出会った。

彼は私を理解してくれた。

私に寄り添ってくれた。

彼には自分の気持ちを正直に話すことができた。

彼だけが私の唯一の理解者だった。

もしかしたら、愛というものが分かるかもしれない。

やっと私も普通の人間になれるかもしれない。

そう思っていたのに……彼はいなくなってしまった。

彼は地位も名誉も家族も、全てを捨ててしまった。

「そっか。私は……」


ただ一人残された私は呆然《ぼうぜん》と立ち尽くすしかなかった。

けれどその時、初めて自分がすべきことを理解した。

いなくなってしまった彼を待ち続けよう。

きっといつか帰って来てくれると信じて、私は待ち続ける。

次、彼に会うことができれば私は自分に眠っているこの感情の本当の意味を理解できる気がする。

ワインを軽く口にしてから、私は立ち上がって窓にそっと触れる。

「エヴァン。私は……」

だから私は今日も彼を待ち続ける。

人の心をいつか理解できると信じて――。

◇

「ふぅ……」

ベッドで一息つく。

すでにエヴィは眠ってしまったようで、微かに寝息が聞こえてくる。

俺はこの暗闇の中、文化祭のことを振り返っていた。

概《おお》ね、初日は成功と言っていいだろう。メイド喫茶はかなり繁盛した。それに、リリィーとしての役目も十分に果たすことができたと自負している。

しかし、アメリアの言うとおり、まだ油断してはならない。むしろ、これからが本番なのだと自分にしっかりと言い聞かせる。

「…………」

クラスでのことに懸念はない。

あるとすればそれはやはり、レベッカ先輩のことだ。最近は以前に比べて、調子が良いように思える。それでも時折、顔に影が差すのを見逃してはいなかった。

今日も二人で見回りをしてる時は、普通そうに見えた。

だがそれはきっと、普通に見えるように振る舞っているから……だと思っている。

そして俺は今後のことも考えながら、微睡《まどろ》みの中へと落ちていく。


「レイ。レイどうした？」

「師匠……？」

夢。

夢を見ていた。

これははっきりと夢だとわかる。こうして過去のことを思い出すのは、久しぶりだ。

「お前が昼寝なんて、珍しいな」

「はい。疲れているのでしょうか」

今となっては、この記憶は遥《はる》か昔のように思える。

「ふぅ……」

「またお酒ですか？　大佐に怒られますよ。それにキャロルもうるさいですし」

「ばっか。お前。飲んでないとやってられないんだよ……と言いたいところだが、そうだな。今日はやめておこう」

師匠はアルコールを飲むのをやめて、代わりにじっと窓越しに空を見つめる。椅子の背もたれに体を預けて、ただじっとその先を見据える。

「ハワードの葬式だが」

「……はい」

「明日だ」

「……分かりました」

「なら良い。私は少し寝る」

「はい」

師匠はそう言って、寝室に向かった。

彼女が言った葬式、というのは部隊の仲間の葬式である。先日の作戦で、その命を戦場で散らしてしまった……仲間の葬式。

俺は葬式に参列するのは初めてだった。村で失った人々を弔うことはできなかった。両親もどうなっているのか、もう知らない。ただ、死んでいるということだけは知っている。

俺は師匠と出会い、数多くの大人たちに出会ってきた。

みんな優しい人ばかりだった。

それでも、戦場で死んでしまう人もいた。昨日まで一緒にいたのに、あんなに仲睦《むつ》まじく話していたのに、もういなくなってしまった。

どうしてだろう。どうして俺は、また失ってしまうのかと考えることが日常だった。

翌日。葬式の日がやってきた。

喪服に身を包んで、教会に並ぶ。今日は不幸なことに、雨が降っていた。それも土砂降りだ。これはきっと、俺たちの慟哭《どうこく》の表れなのだろう。

「………………」

葬儀が始まった。

棺桶《かんおけ》の中にいる彼に、花を載せる。この花の名前は知らないが、とても綺麗な白い花だった。

戦場で一輪の花が咲き誇っていたのを思い出した。

彼の体にはたくさんの真っ白な花が置かれる。

涙を流し、嗚咽《おえつ》を漏らす声が聞こえる。

ふと、隣に立っている師匠を見上げる。師匠はただ、淡々と彼のその死体を見つめていた。

彼は眠っているだけで、また起き上がってきそうだ。そう思うほどに、綺麗な顔だった。

「うぅ……うぅ……ぐすっ……うう……」

キャロルが隣でずっと涙を流している。いつもはお調子者であるが、キャロルは情に厚かった。仲間が死んだ時は、誰よりも涙を流す。

そして、埋葬。

雨が降り注ぐ。まるでバケツでもひっくり返したかのような、土砂降り。

そんな中、師匠とアビーさんは傘を差さなかった。じっと何かを思っているかのように、この強烈な雨に打たれる。

俺は泣き崩れるキャロルのそばで、彼女の背中を撫《な》でる。今はなんとなく、こうすべきだと思った。今の俺にはこんなことしか出来ないから。

「………」

傘を退けて空を見上げる。

曇天。零《こぼ》れ落《お》ち続ける、雨。

この世界の醜さを改めて、心に刻む。

人はいつか死んでしまうものである。いつかきっと、絶対に。だから俺はこれからも、数多くの死に触れていくのだろう。

そんなことを思いながら、埋葬される彼の姿を俺は心に焼きつけていた。

彼との思い出は、俺の心に残り続ける。

その無念も、俺が背負う。そうすることで、その死は無駄にはならないと、師匠に教えてもらったから。

「う……うぅ……っ」

キャロルは落ち着いてきたのか、嗚咽を漏らす事が少なくなっていた。そして、互いの視線が交差する。キャロルの双眸《そうぼう》から、止めどなく溢れる涙。

俺はそんな彼女と向き合う。

「レイちゃん……ありがとうね」

「いや。別に……いいよ」

「レイちゃんは、いなくならないでね」

「うん」

キャロルにギュッと抱きしめられる。俺はそれを受け止める。もうすでに、傘は手放していた。

キャロルから離れると師匠とアビーさんの元へと向かう。

二人とも黙っていた。

でもよく見ると、ただ静かに涙を流していた。

それは、土砂降りの雨によって流されていく。しかし、間違いなく……二人は涙を流していた。

そうだ。

誰だってそうなのだ。

悲しい。

大切な人がいなくなれば、悲しい。

心が苦しい。病のように心を蝕《むしば》んでいく。だが、仲間の死を背負って、俺たちはこれからも進んでいかなければならない。

ふと俺は、後ろを振り向く。これは夢だと分かっている。でも、なぜか後ろから視線を感じたのだ。

「レイさん……?」

そこにいたのは、レベッカ先輩だった。いつものように学院の制服を身につけていて、呆然とこちらを見つめている。俺の姿もまた、幼いものではなく今の姿になっていた。

この世界に入り込んだ異質な存在。

俺とレベッカ先輩は、この夢の世界を共有していた。

「レベッカ、先輩? どうしてここに? いやこれは夢のはずだ」

「レイさん。あなたは……一体、何者なのですか?」

「…………」

これは夢だ。

答える義理などないし、会話が成立しているのも、俺の脳内が勝手にそうしているだけ。

しかし、俺は素直に口にしてしまった。せめて夢ならば、嘘《うそ》をつく必要もないだろうと思ったのかもしれない。

大量の雨に打たれながら、俺はボソッと呟いた。

「先輩。俺は――」

第五章 終わりの始まり

「夢、なのか？」

目が覚めた。

びっしょりと汗をかいていた。同時に、右目からツーッと流れる液体。

涙ではなく、血液だった。

血を拭うと、俺は洗面所へと向かう。

手に付着した血を洗い流し、自分の目を確認する。どうやら血はもう止まったようで、痛みもない。

だが、あの夢のことがどうしても脳内に過《よ》ぎる。

あまりにも生々しすぎる夢。

夢自体は、珍しいものではない。特に、仲間の死んだ瞬間と、葬式はよく夢に見る。極東戦役が終わった直後は、酷《ひど》いものだった。

問題は、最後に出会った先輩だった。

あの時代に、レベッカ先輩とは会っていない。

それに先輩の姿は、今と同じままだった。

妙に現実感のある夢。

俺はどうしても、ただの夢とは思えなかった。

外を見ると、すでに朝日が差し込んでくる時間になっていた。

文化祭二日目が幕を上げようとしていた。


文化祭二日目。

初日は何の問題も起きることはなく、無事に終了。

二日目は、フィジークコンテストにミスコンが控えている。午後から講堂で行われる予定だが、すでに客の入り具合は昨日よりも多い。

エヴィはフィジークに出るために今日は午前中から筋肉の調整に入っているらしい。

「打倒、部長だぜ！」と豪語していたのだが……果たして、あの圧倒的な巨軀《きょく》を有する部長に勝てるかどうか。

一方で俺は、昨日と同じように午前中はキッチンで調理をしている。

アメリアの予想通り噂《うわさ》が噂を呼んだのか、明らかに昨日よりも客の入りが多い。午前中だというのに、この数は少し予想外だ。

「レイ。オムライス三つね！」

「了解！」

アメリアから注文が入り、俺は手際良くオムライスを準備する。すでにかなり慣れてきたので、あっという間に準備をしてオムライスを三つ渡す。

今は俺とアルバート、それに二人の男子生徒を加えて四人で回している。この人数でも割と余裕がないので、今の状況は本当にかなり大変だ。

俺がリリィーとして出ていく時にはどうなっているのだろうか。

時刻が十一時二十分になったところで、俺は昨日と同じ教室に向かい、女装をする準備を始めた。

教室から出て行き、颯爽《さっそう》と走っていくと……ちょうどばったりとレベッカ先輩と出会う。

「あ……レイさん。どうも」

「レベッカ先輩。おはようございます。見回りの最中ですか？」

「は、はい……そうですね」

歯切れが悪い。俺の顔を見た瞬間、スッと視線を逸《そ》らしたのは見間違いではないだろう。

俺は思い出していた。

今朝、見た夢のことを。

しかし、いや……まさか、そんなことがあるわけがない。

云《い》うなれば意識の共有。

そんな現象は現代魔術では確認されていないはずだ。

だがどうして、先輩はそんな態度をとるのか……。

そう思って俺は尋ねようとしてみるが――。

「で、では私はこれで失礼しますね」

ペコリと頭を下げると、先輩はこの場から逃げるように去っていく。

後ろ姿をただ呆然《ぼうぜん》と見送るしかなかった。

俺もまた、触れていい話題なのか最後まで分からなかったからだ。

◇

「はぁ……はぁ……はぁ……」

逃げる。

できるだけ、レイさんから離れようとして私はその場から駆け出していた。

彼の顔を見た瞬間に、思い出してしまった。

朝方見た、夢のことを。

でもそれは、夢と云うにはあまりにも生々しいものだった。

葬儀。

あまりにも大きな悲しみに包まれていた。

レイさんはまだ幼く、その中にはキャロライン先生や学院長もいた。それに一人だけ、よく目立つ綺麗《きれい》な金色の髪に碧色《あおいろ》の綺麗な瞳をした女性が、レイさんの隣に立っていた。

曇天。そして、降り注ぐ大量の雨。

冷たさは感じなかった。その時、私はこれが夢だと理解した。

明晰夢《めいせきむ》、というものかもしれない。

そして、その葬儀を遠くから見守っていた。

レイさんはまだ幼い。身長も今の半分くらいだろうか。

そんな彼は今とは違って、陰鬱な雰囲気を纏《まと》っていた。その双眸《そうぼう》には闇しか映っていないような姿。私の知る彼とは、大きくかけ離れていた。

私は思いだす。

今まで見てきた夢の数々を。

彼は戦場で戦い続けていた。

仲間と共に戦場を駆け抜けていた。

相手の血に塗《まみ》れ、自分の血に塗れ、悲鳴と怒号の支配する凄惨な戦場で戦っていた。

極東戦役だと分かったのは、その夢を見てしばらく後だった。
でもどうして、私はこんな夢を見るのか。それが不思議でたまらなかった。
だって、夢にしてはあまりにも現実味を帯びていたから。
私は思ってしまう。
これが、レイさんの過去なのだとしたら、彼の今の言動も理解できてしまうと。
彼の全ての行動は辻褄《つじつま》が合うと。

「レベッカ先輩。これからよろしくお願いします」

頭を下げる彼を見て、初めは丁寧な人なんだと思った。
でも、どこか毅然《きぜん》としていて硬い雰囲気というか……そうだ。
彼は知り合いの軍人の方に似ている。
その時は、そう感じ取った。父の付き合いで、軍の方が家に来ることは何度かあった。
その時に話した人の雰囲気と、酷似しているのだ。
でもそんなわけがない。

彼はまだ一年生だ。ということは、それよりも前に軍にいたなど……あり得ない。

この夢を見る時まではずっとそう思っていたけど、今朝見た夢でそれは確信に至った。

「レイさん……？」

夢の中で、思わず声をかけてしまった。

すると彼の姿は幼いものではなく、今と同じものへと瞬く間に変わる。

「レベッカ、先輩？　どうしてここに？　いやこれは夢……のはずだ」

「レイさん。あなたは……一体、何者なのですか？」

「…………」

尋ねる。

彼の出自が一般人《オーディナリー》の家庭ということは知っている。

けれど、それだけではない。

レイさんには、何か秘密があるのだと分かった。

「先輩。俺は——」

言葉を続ける。

雨に打たれながら、私たちは互いの視線を交差させる。

そこから先、なんて言ったのか聞こえることはなかった。

悲しそうに、そして淡々と口を動かすレイさんの姿を心に焼き付けながら、私は目を覚ましたのだ。

「はぁ……はぁ……どうして逃げたんだろ」

呼吸を整えながら、ボソリと呟《つぶや》く。

先ほどばったりと出会ったレイさんから逃げ出してしまった。それはやはり、彼の過去があの夢と同じだと思ってしまうから。

極東戦役を最前線で経験し、そしてあの金髪の麗しい女性に出会い、彼は成長していった。人として、魔術師として、大きく育っていく。

ふと思い出すと、あの女性はどこかで会ったことがあるような気がする……そう思いながら歩いていると、私はちょうど曲がり角で人とぶつかりそうになる。

ボーッと考え事をしていたせいだ。

すぐに頭を下げる。

「も、申し訳ありませんっ！　その、私の不注意で」

「いや構わない。こちらには何も被害はないからな」

「あ」

「どうした？　ん……もしかして、レベッカ＝ブラッドリィか？」

きっとこれは運命の悪戯《いたずら》だ。

だって目の前にいるのは、その夢の中で見た女性その人だったから。

いや、この人のことは貴族のパーティー、それに魔術協会のパーティーで何度か見たことがある。

稀代《きたい》の天才魔術師——リディア＝エインズワース。

研究者としての実績も尋常ではないが、彼女は確か……氷剣の魔術師だったはずだ。

つまり、そんな彼女の元で育ったレイさんは……彼女の子ども？　いやそれにしては、年が近い。それに、彼は一般人《オーディナリー》だ。辻褄が合わない。

脳内で、様々な考えが巡る。

「大丈夫か？　顔色が悪そうだが」

「あ、いえ。その、申し訳ありません。えっと、お話しするのは初めてですが、リディア＝エインズワース様ですよね」

「その通りだ。それにしても、大きくなったな。私が見た時は、まだもう少し幼かったが」

硬い口調だが、優しい声音で話す。

あの夢が過去とすれば、彼女は当時は長髪だったが今は肩くらいの長さに切《き》り揃《そろ》えている。

また、目立つ変化が一点だけある。

彼女が車椅子に座っているということだ。

悟る。

レイさんの記憶の、あの戦いの最後を……私は知っているのだから。

全ての疑問が、夢で知った断片的な記憶が繋《つな》がる。

断片は有機的に繋がっていき、ある結論へとたどり着いてしまう。

そして、私は好奇心でつい尋ねてしまった——。


「レイさんはもしかして、極東戦役で戦っていたのですか?」


そう言った瞬間。

彼女の表情が強張《こわば》り鋭い目つきに変化する。

「レイに聞いたのか?」

「いえ……」

「では、どうして知っている?」

私はその雰囲気の変貌に、足が震えていた。

怖い。怖いけれど、合っていたんだ。

私が夢で見て、彼が駆け抜けていた戦場は、本物。

レイさんは、あの極東戦役を本当に経験していたのだ。あらゆる悲しみを、悲劇を背負って彼はこの学院にやってきた。

「ゆ、夢で……見たのです。レイさんが戦場を駆け抜け、そしていつも隣にはあなたがいました」

「──続けろ」

「そ、それで……最後にレイさんが、魔術領域暴走《オーバーヒート》を引き起こしました。そこから先は、知りません。でも！　夢で見たのですっ！」

信じて欲しい。そう思って私は語りかけてしまった。

本当はこんなことをすべきではないと、分かっているのに。私は求めてしまった。

レイさんの本当の姿が、知りたいと。

「夢、意識の混濁か？　それにしては的確すぎる。何か魔術的な要因が絡んでいる？　まさかあの件と……そうか。いや、そう考えれば話はつながる。なるほど。これは思ったよりも根が深い話のようだ」

独り言をぶつぶつと言っているが、私にはその内容が意味するところはわからない。

「レベッカ＝ブラッドリィ」

「は、はい」

「くれぐれもその夢の話。他の誰にも言うなよ。絶対にだ」

「わ、分かりました」

そして彼女は、この場から去っていく。

壁に体を預けてズルズルとその場に座り込む。

呆然と、天を仰ぐ。

一体、彼は、そして私は、何者なんだろう……。

◇

昨日と同じように、リリィーになった俺は接客を続ける。

「いらっしゃいませ～☆」

リリィー目当てに訪れて来る客が多いのか、昨日の倍近くの人間がいる。もちろん注文するメニューは、『萌《も》え萌えオムライスセット』だ。

つまりこの一時間は、伝家の宝刀であるあのポーズと掛け声をやり続ける必要があるということだ。

クラスメイトからは、流石《さすが》に無理があるのではないか……と心配の声も上がったが、心配無用。

プロでありスペシャリストである俺ならば可能だ。

宣言通り今日もまた一番乗りだったマリアの接客を終え、しばらくすると……やってきたのはカーラさんだった。

「いらっしゃいませ～☆　お一人様ですか？」

「はい」

いつものように淡々と答えるカーラさん。そして彼女は席に着く直前、俺に紙をソッと周囲に見られないように渡してくる。

「ご注文はいかがいたしますかぁ～？」

「これで」

「かしこまりました！」

厨房《ちゅうぼう》へと向かう途中、その紙に少しだけ目を通すと、軍人時代に使っていた暗号が書かれていた。

それをすぐに読み解くと、なぜ彼女がここに一人でやってきたのかを理解した。

『萌え萌えオムライスセット』を渡し、いつものようにポーズを決めると、カーラさんはボソッと呟いた。

「……それでは、よろしくお願いします」

「またのご来店を、お待ちしておりま～す☆」

あくまで最後までリリィーとして接客を続けた。

その内心、俺はあまり冷静ではいられなかった。

『エヴァン＝ベルンシュタイン氏の情報を摑《つか》みました。本日の十九時に、アビー＝ガーネット氏の自宅にいらしてください』

とのことだったからだ。


「よし。ひとまず落ち着いたな」

今日の午後からは、エヴィが出場するフィジークコンテスト、それにミスコンが開催される。

この日のために、シフトは調整してあり、俺、アルバート、エリサ、それにクラリスも一緒にその勇姿を見にいくことになっている。

まずは四人でクラリスの教室へと向かう。

するとそこには、いつものように金色の美しいツインテールを靡《なび》かせた彼女が立っていた。

「あ……！」

俺たちの姿を認識すると、破顔してこちらに近寄って来るクラリス。

「も、もう！　遅いじゃないっ！　って……あれ？　アメリアは来れないんじゃなかったっけ？」

アメリアの姿を見て、不思議そうな表情を浮かべるクラリス。

もともとアメリアはずっと残って仕事をすると言っていたのだが、クラスのみんなの後押しもあって一緒に来ることになった。

「まぁ、色々とあってね～。来れるようになったの」

「そっか！　それなから良かった……って、別にみんな一緒で安心したとか、嬉《うれ》しいとか、そんなわけじゃないのよ？　ただ、アメリアもいないといつもの感じがしないなぁ～と思って」

なぜか忙《せわ》しなくツインテールをぴょこぴょこと動かしながら、言い訳めいたものをする。

いつも思うが、あのツインテールはどうやって動いているのだろうか。

魔術的な要因なのは、間違いないだろうが……。

「クラリスは嬉しくないのか？」

「……え⁉」

「俺はアメリアも一緒に来られて、嬉しいと思うが」

「ま、まぁ別に……？　嬉しくないわけじゃないけど……もう！　レイは黙っていなさい！」

「…………」

　理不尽である。

　久しぶり、というほどでもないが、クラリスは通常運転だった。

　そして、俺たちはついに講堂にたどり着いた。すでに中には大勢の人間が座っており、喧騒《けんそう》の中を進んでいき、空いている席に座った。

　今回のコンテストに関しては、レベッカ先輩とセラ先輩。それに他の園芸部の先輩方が運営をするらしい。俺は、流石にそこまでしてもらうのは悪い、ということでそちらには参加していない。

「お……いよいよ始まるのか」

　明かりが落ちると、壇上だけに照らされるライト。

　レベッカ先輩が舞台袖から出て来ると、丁寧に頭を下げる。

「それでは、毎年恒例のコンテストをこれから行います。まず、男性のフィジークコンテストから行います。選手の皆様、ご入場ください」

　レベッカ先輩がそう言葉にすると、舞台袖から次々と屈強な男たちが入って来る。全員そろって、上半身は裸で下にはサーフパンツを身につけている。

このフィジークコンテストにおいては、上半身の筋肉のみに注目されがちだが、やはりバランス。そしてポージングなども重要になってくる。

審査員は、毎年専門の人を五人ほど呼び、採点してもらうのだという。

学生のイベントにしてはかなり気合が入っているが、これがアーノルド魔術学院の伝統。

選手の中には、エヴィだけでなく、部長や他の部員の方々もいた。それに加えて、他の部活の人もなかなかにいいバルクをしている。

これは一概に、誰かが一番良《い》いとは決めがたいが……。

「では、順番にポージングをお願いします！」

レベッカ先輩の進行のもと、競技が進んでいく。

エヴィの番号は三番。部長の番号は一番最後の十二番。

これはどのような勝負になるか、まだわからないな……。

彼らはポージングをしていく。眩《まぶ》しい筋肉が迸《ほとばし》り、それぞれ全員が声を上げる。

その後、順調に進んでいくと、ついに大本命である部長の番がやって来た。

圧倒的な巨軀《きょく》がステージに進んでくると、音楽と共にポージングを開始。

「で……デカすぎる……」

「な、何だあれは……？」

アルバートと二人で呆然とする。俺たちは、掛け声をあげることも忘れて……ただ唖然《あぜん》としていた。元々でかいのは知っている。しかし、ポージングをするとさらに威圧感があるというべきだろうか。

圧倒的な存在感に、俺たちは慄《おのの》いていた。

会場の全ての人間が、戦慄する。

ついに審査の段階に入ったが、これはもう確定だろう。

「――二位はエヴィ＝アームストロングさんです！　優勝は、レックス＝ヘイルさんに確定しましたっ！　みなさん、選手に大きな拍手を送ってくださいっ！」

レベッカ先輩が順位を発表するが、やはりこうなったか……という印象だった。エヴィもまた、笑ってその声援を受けて、がっしりと部長と握手を交わしていた。

あれだけの努力をしても届かない領域。

部長は晴れて、このアーノルド魔術学院の在学期間において、伝説の四連覇を果たすのだった。

「次は、ミスコンだが……誰が出場するのか、全く知らないな」

「あぁ。俺も知らない」

大白熱のフィジークコンテストが終了し、次はミスコンに移ることになった。可愛《かわい》い女子のナンバーワンを決めるとのことだが、審査員はここにいる全員である。観客もまた、エントリーした人間を一人選び、そこから集計をとって一番票数の多い人間が、優勝となる。

「それでは、続いてミスコンを開始します！」

レベッカ先輩も慣れてきたようで、声がよく通る。

ミスコンもまた、問題なく進行していく。

「そういえば、こちらの優勝候補は誰なんだろうな……」

ボソッと呟くと、それにはエリサが反応した。

「ゆ、優勝候補は二年生のナタリア＝アシュリーさんだよっ！」

「そうなのか。エリサ」

「う……うんっ！　この学院ではアイドル的存在なんだよっ！」

「確か名前だけは聞いたことがあるな。なるほど」

エリサからの情報をもらうと同時に、その彼女が出て来た。

「では、お名前を教えてください」

レベッカ先輩が尋ねると、アシュリー先輩はニコッと笑って言葉を紡ぐ。

「ナタリア＝アシュリーです☆」

右目の横でピースをすると、この会場にいる男性陣の「おぉ……！」という声が響いた。

なるほど。この学院のアイドルというのは、どうやら本当のようだ。それは男性陣の反応からすぐにわかった。

「では、アピールポイントや特技を教えてください」

「う～んとねっ☆」

口元に指先を持っていき、渋る彼女を見て思った。

あれはキャロルと同じ系譜であると。

どうやら、俺が苦手にしている部類の女性だ。

「やっぱりぃ～、この可愛い容姿かなぁ？　特技は歌とダンスで～すっ！　またライブやるので、来てくださ～いっ☆」

バチン、という音が聞こえそうなほどのウインク。

あの人には絶対に近寄らないでおこう。

そう誓って、ステージを見守る。

「では最後の方は……ってあれ？　レベッカ＝ブラッドリィ？　え、私エントリーしてませんけど？」

ポカンとした表情で渡された紙を見つめるレベッカ先輩。

すると、セラ先輩がやって来てニコニコと笑いながらレベッカ先輩から紙とマイクを強引に奪う。

彼女をステージの真ん中に追いやりながら、セラ先輩はこう告げた。

「ということで、喜びなさい。男子ども⁉　レベッカ様がエントリーしてくださったのよ！」

『う、うおおおおおおおおっ！』

それは今日の中でも、一番の歓声。

講堂が揺れ動くと錯覚するほどの、大音量。

流石はレベッカ先輩だ。

「え……ちょっと、その……っ！」

ということで、半ば強引な形だがレベッカ先輩が壇上の中央に押されるようにしてやって来た。

あの様子からして、事前に打ち合わせなどはしてないのだろう。

レベッカ先輩は戸惑いの表情を浮かべながら周囲をオロオロと見回している。

「それでは、恒例の質問タイムいくわよっ！」

『おおおおおおおおっ！』

セラ先輩がそういうと、最前列に集まっている男子たちが沸き上がる。いつの間にあんなにも多くの男子生徒が集合したのかは分からないが、異様な盛り上がりを見せていた。

「ではレベッカ様。趣味は何でしょうか？」

「しゅ、趣味ですか……？」

レベッカ先輩もこの状況を受け入れたのか、質問には答えてくれる様子だ。

「えっと……お花を育てること、甘いものを食べること、それに芸術活動……ですかね。絵を描いたりするのが好きです」

俯《うつむ》きがちに答えるその姿は、何か心にくるものがあった。

そんなレベッカ先輩の壇上での様子を見守っていると、妙にハラハラするというか助けてあげたくなるというか、この感情は初めてのもので自分でも少し戸惑っていた。

「聞いたわねっ！　レベッカ様の趣味は高尚なのよっ！」

『う、うおおおおおおおおっ！』

さらに沸く男子たち。もはやこれはミスコンなのか、何なのか分からなくなって来た。

むしろ、レベッカ先輩の特別ステージというか……。

でも、周囲には笑顔が溢《あふ》れていた。

セラ先輩も微笑《ほほえ》みながら進行をして、周囲の生徒も笑っている。

熱狂的なファンもいるようだが、温かい雰囲気に包み込まれていた。

中央にいるレベッカ先輩もまた、顔を赤くしながらも微《かす》かに微笑んでいる。

もしかしたらこれはセラ先輩からの贈り物なのかもしれない。

少しでも、この文化祭を楽しんでくれるようにと願っての。

遠くからこの文化祭を眺めるのではなく、その中に入っていけるようにと、きっとそう願っているに違いない。

そこから今までと同じように質問が行われ、ついに最後の質問にやって来た。こればかりは、鬼門だろう。

なぜならば、好きな人を尋ねるものだからだ。

「ではレベッカ様。最後の質問になります」

「は、はいっ！」

レベッカ先輩も慣れて来たようで、受け答えがしっかりとしてきたみたいだ。

「現在、好きな人はいますか？　もちろん恋愛対象として……です」

「あ……う、えっと……その……」

再び俯く。同時に、先輩はチラッとステージからこちら側を見た。きっとこれは偶然なのだろうが、俺と視線が交わった気がした。

「もちろん私は、婚約しておりますのでエヴァン様のことをこれから愛していければいいなと思っております」

毅然とした態度でレベッカ先輩はそう告げた。

今まで沸き上がっていた男子生徒たちも今回ばかりは、静まっていた。

そして全ての質問が終わり、レベッカ先輩は一礼してステージ脇に去っていく。

先輩は少しだけ陰があるような表情をしていた気がした。

こうして全ての審査が終了し、ミスコンの優勝者発表となった。

それぞれの生徒が投票箱に紙を入れて、それを運営の人たちが数える。その作業は、手際がいいのかあっという間に終了。

そして、レベッカ先輩が発表のため壇上に上がって来る。

「では、今年のミスコンの優勝者を発表します。優勝者は――」

ペラッと折り畳まれている紙を開いて見ると、レベッカ先輩はその場で固まってしまう。

顔を紙で隠し、こちらからは様子が窺《うかが》えない。

だが、先輩の反応で誰が優勝したかは明らかだった。

そうしていると、セラ先輩が舞台袖からやって来てレベッカ先輩からその紙をスッと奪い取った。

「はい。じゃあ、分かってると思うけど、今年も優勝はレベッカ様よっ！　喜びなさいっ！」

『うおおおおおおおおお！』

『きゃあああああああああ！』

今回は野太い声援だけでなく、黄色い声援も聞こえて来た。

レベッカ先輩には男性だけでなく、女性のファンも多いのだと改めて理解した。

俺も今回はレベッカ先輩に投票したしな。

「ねぇレイ」

「どうしたアメリア」

隣にいるアメリアは、ただじっとレベッカ先輩のことを見つめていた。それは、優しい表情だった。アメリアもまた、レベッカ先輩を見て思うところがあるのだろう。

「レベッカ先輩さ」

「あぁ」

「楽しそうだね」

「間違いない」

みんなに祝福されるレベッカ先輩は、依然として顔を真っ赤にして恥ずかしがっていた。「もう、みなさんやめてください！　怒りますよっ！」と、本気で抗議している様子だが、それもまた逆に可愛いというか。そんな彼女に、この場にいる生徒は魅了されていた。

そうだ。

やっぱりレベッカ先輩は、魅力的な人だ。

人を集め、その人たちに慕われる、そんな優しい人。

改めて俺は、レベッカ先輩の魅力に気がつくのだった。

こうして、文化祭二日目もまた終了。

色々と波乱めいたものはあったが、きっとレベッカ先輩にとっていい思い出になったに違いない。

◇

夕刻が過ぎ、日暮れの時間帯となった。

俺は外出届を提出して、街に繰り出す。

一応名目としては、メイド喫茶の食材をもう少し補充しておきたい、という事にしておいた。

それは決して嘘《うそ》ではないが、あくまで二次的なもの。

俺の目的は、アビーさんの自宅に向かう事だった。

学院からの坂道を降りて、街の中央区へと向かう。

しばらくして、アビーさんの自宅へとたどり着く。

扉に付随している、鳥型のドアノッカーをコンコンコンと三回ほど叩《たた》くと、室内からはカーラさんが出て来た。

「レイ様。すでに全員集まっております。どうぞ、中へ」

「失礼します」

軽く一礼をすると、中にはすでに俺の見知った人たちがいた。

師匠、アビーさん、キャロル、カーラさん、それに部長も。その他には、魔術剣士《マギクス・シュバリエ》競技大会の時に顔を合わせた部長の家族の方も隅の方にいるようだ。

「レイ。来たか」

「師匠もいらしていたのですね」

「もちろんだ。今回の件は、色々ときな臭いからな……」

緊張感が漂っていた。キャロルも俺に会うと、何かと理由をつけてスキンシップを図ろうとして来るのだが今回はそれがない。

ただ静かに、ソファーに座って紅茶を楽しんでいるようだった。

キャロルも静かにしていれば、いい女だろうに……と思っても仕方がない事だろうな。

俺が空いている席に座ると、カーラさんがスッと前に出てきて本題に入る。

「レイ様から依頼を受けて調査していました、エヴァン＝ベルンシュタイン氏の正体が判明いたしました」

その口ぶりからするに、間違いなく彼には裏の顔があるのだと理解した。

「――彼は、裏で魔眼《まがん》を非合法に収集している、魔眼収集家です」

「それはつまり、狙いはレベッカ先輩の魔眼だと……？」

レベッカ先輩が魔眼を持っているのは魔術剣士競技大会《マギクス・シュバリエ》で知った。後に話を聞いたのだが、先輩は未来予知の魔眼を持っているらしい。

俺の言葉に対してカーラさんは、少しだけ表情を歪《ゆが》める。

「そう思うのが至極当然です。しかし、この件。不可解な点が多過ぎます」

「というと……？」

カーラさんは淡々と話を続ける。

「この情報の入手も、あまりにも容易過ぎました。まるで、早く知ってくれと言わんばかりに」

部長はカーラさんの言葉に対してコクリと頷《うなず》く。

「誘っているんだろうな」

アビーさんが鋭い目つきでそう言葉にした。

俺もまた、この議論に加わる。

「誘っていると言っても、誰を？　相手はこちら側の素性を理解した上で、そうしているのでしょうか」

「レイちゃんの言うとおり、これはちょっと難しい問題かもね」

キャロルは冷静に口にする。

いつもは戯《おど》けているが、今は軍人時代に見せていたときのように真剣な顔つきをしている。

「仮に私たちを相手にするって分かってるんなら、よっぽどだと思うよ？　こっちは、氷剣、灼熱《しゃくねつ》、それに私、幻惑の魔術師もいる。引退したとはいえ、リディアちゃんもいる。七大魔術師クラスを四人も相手にできるのは、それこそ残りの七大魔術師しかいない。でも、それは流石にありえないと思うけど」

言葉を濁す。

俺としてもその可能性は低いと思うが。

「エヴァン＝ベルンシュタインは優生機関《ユーゼニクス》所属ではないのか？」

アビーさんの指摘はもっともだ。

今回の件からして、優生機関《ユーゼニクス》の介入は考えるべきだ。

「今のところ、そのような情報は手に入れておりません。しかし、疑った方がいいのは間違いないかと」

「そうか……しかし、そうなるとやはりブラッドリィ家の真意が気になるところだ。もし仮に、何も知らずに婚約をしているなら不幸なことだが、分かっているのならば……」

「ブラッドリィ家のことですが、自分に心当たりがあります」

「何だレイ。何でもいい、言ってみろ」

師匠がそう促してくるので、今までの流れを俺は話す。

「ここ最近、レベッカ先輩と一緒にいることが多かったのですが……先輩はずっと何かを隠しているようでした。明らかに元気もないようでした」

「ほぉ……」

師匠の目つきがさらに鋭いものになる。どうやら真剣に聞いてくれているようだった。

「もしかして、エヴァン＝ベルンシュタイン氏の正体を知っていたのでは？　そう考えると、色々と説明がつくような気がします」

俺はさらに言葉を続けるが、ここから先はあまり言いたくはなかった。

「しかし、ブラッドリィ家が婚約破棄することはありません。そこからするに、ベルンシュタイン氏とブラッドリィ家は結託しているのではないでしょうか」

俺の指摘に、全員が神妙な面持ちで黙り込む。

俺がたったいま言及した可能性は、最悪のものである。

つまりは、ブラッドリィ家とベルンシュタイン家は結託した上で、何か大きなことを成し遂げようとしている。

ある種の叛逆《はんぎゃく》行為だからだ。

「それを含めて、事を進める必要があるな。カーラ、説明を」

「はい」

再びカーラさんが何かを説明するようだった。

「今晩ですが、この王国にあるホテルの一室でどうやらブルーノ＝ブラッドリィ氏とエヴアン＝ベルンシュタイン氏の会合が行われるようです」

ということは、今からそこに向かうということだろうか。

「すでにホテル側は押さえてあります。今すぐにでも、向かえるかと」

俺が召集されたのは、むしろこちらの方がメインだったみたいだな。

「レイ。明日も文化祭は行われる。だが、来るか？　お前はここで引いてもいいが」

「いえ、師匠。自分にとって、レベッカ先輩は敬愛する先輩です。学院で出会ったかけがえのない人なのです。自分は彼女の力になりたいと……そう思います。もう誰かを失うのは、嫌ですから」

「……そうか。分かった」

師匠以外の全員が立ち上がると、玄関へと向かう。カーラさんが先導する形で、俺たちはその会合が行われるホテルへと歩みを進める。

俺は師匠の車椅子を押しながら、ただ冷静にこの件に当たろうとしていた。

だが相手がこの可能性を考慮していないわけではない。

冰剣の能力を解放しようかと迷っていると、師匠がボソリと呟いた。

「今回はアビーとキャロルに任せろ」

アビーさんとキャロルがそれに続く。

「レイ。先頭は私が行く」

「レイちゃん。私たちに任せて。大丈夫、ちゃんとやるから」

「分かりました」

師匠の言うとおり、確かにアビーさんとキャロルがいれば問題はないだろう。魔術戦においで、キャロルほど厄介な相手はいない上に、アビーさんは真正面からの物理的な魔術戦においては最強格の一人だ。

戦場で積み上げてきた実績は伊達《だて》ではない。

そして俺たちは、ホテル内へとたどり着く。

中は閑散としていた。

それもそうだろう。今はシーズンでもないからだ。

俺たちは難なく中に入ると、最上階を目指す。

最上階にあるスイートルーム。

そこにいるのは、ブルーノ＝ブラッドリィ氏とエヴァン＝ベルンシュタイン氏だという。

果たして二人は、俺たちを本当に誘っているのだろうか。

「…………」

扉の前に到着。

マスターキーを手にしているカーラさんは、キャロルに渡した。

扉を開けた瞬間に、魔術戦になる可能性はある。

それを考慮して、先頭はキャロルが進むことになった。

彼女の魔術ならば、奇襲にも対応できるからだ。

そして、ガチャと音がするとゆっくりと扉が開く。

俺たちがそこで見たのは、王国の明かりを背景にして、食事をしている二人の姿だった。

ブルーノ＝ブラッドリィ氏とエヴァン＝ベルンシュタイン氏。

ベルンシュタイン氏はこちらを見ると、人の良さそうな笑みを浮かべてニコリと微笑んだ。

「やあ。どうも皆さん。予定よりも少し早いですね。さて、やっとこの盤上も大詰めになってきました。どうぞ、お掛けください。真実をお伝えしましょう」

殺気はないが、急に仕掛けてくる可能性もある。

俺たちは動かない。

「気を付けろ。何か仕掛けてくる可能性がある」

アビーさんが言葉を発する。

「……分かってる」

キャロルが呼応するように言葉を紡ぐ。すでに臨戦態勢に入りつつある状況。

部長もまた体に第一質料《プリママテリア》を纏わせていた。

相手の発言を鵜呑《うの》みにするような人間はこの場にはいない。

それを見てベルンシュタイン氏はニコリと微笑む。

一方で、ブルーノ氏はこちらを見ようとはしなかった。どこかバツが悪そうに、視線を逸らしている。

「まあ、そうですね。流している情報だけですと、僕のことは信用できないのは当然。しかし、これではどうですか――」

唖然とする。

俺だけではない。全員が、それを見てただただ立ち尽くす。

徐々に変化していくベルンシュタイン氏の姿に圧倒される。

そして俺たちは知る。

この王国の裏で起こっていた出来事の真実を――。

◇

朝だ。

いつものように、朝がやってきた。

いつもはこの朝日に包まれる時間が好きだった。だと言うのに、今日は全く心が躍らない。

「……もう、朝か」

カーテン越しに、外の光を見つめる。眩《まばゆ》い光が、わずかに室内に差し込む。

この輝かしい光が、今日はどこか燻《くす》んで見える。それは別に、身体《からだ》に異常があるわけではない。

ただ俺の心が、そう感じることができないだけだ。

文化祭、最終日。

みんなとの文化祭も、これで最後の日だ。また来年、文化祭は行われる。だがこの瞬間に行う文化祭はこれで最後なのだ。だから、俺は心から楽しみたいと……昨日のあの瞬間までは思っていた。

「…………」

ベッドから出ていき、朝の準備を開始する。今日もメイド喫茶で午前中はキッチンに入り、午後からはリリィーとして活動する。

文化祭最後の夜である今日は、後夜祭が待っている。

「ふぅ……」

全ての準備は万端。生徒会の手伝いの運営も、俺はしっかりとやるつもりだ。

鏡に映る自分の姿を見る。

そこにはいつも通りの、俺の姿が映っている。

そっと鏡に手を当てる。

俺は、俺たちは真実を知った。その全てを知ってしまった。

心を殺すのは慣れている。自分を殺し、我慢することは慣れ切っている。

だが、やはりどうしても……感情というものが残ってしまう。

自分を押さえつけることはできても、感情が反発する。

「どうして俺はまた……」

こんな選択しかできないのだろうか。

俺は上手《うま》くやれるのか。

俺はしっかりとできるのか。

俺は、レベッカ先輩を壊すことができるのだろうか。

それは使命。今回の件で俺に課された使命だ。

先輩を助けたいと、そう願っていた。だが、状況は俺が考えているよりも、遥《はる》か上をいくものだった。

ブルーノ＝ブラッドリィ。

エヴァン＝ベルンシュタイン。

二人と話をすることで、俺は自分の役割を知った。

先輩を助けるためにも、俺は……自分の使命を果たす。それだけだ。

「レイ、どうした？　ボーッとしてよ」

じっと鏡に映る自分を見つめていると、エヴィが怪訝《けげん》そうな表情をしていた。

「いや。何でもない。エヴィ、最終日だ。頑張っていこう」

「おう！　もちろんだぜ！」

そして、ついに文化祭最終日が幕を上げた。


最終日もまた特に問題なく進んでいく。俺は表面上ではいつも通りに努める。この後に自分が何をするべきなのか、それを考えながら今までと同じように業務を淡々とこなしていく。

そして文化祭が終了し、ついに出し物の売上が決定した。

俺を含めて、生徒会組で集計を出して、それをランキング形式にしていく。一足先にメイド喫茶を上がった俺は、生徒会室でその集計を手伝っていた。

この手の作業は、特に計算に関することは得意なので、セラ先輩と分担して、集計して終了。

表にまとめると、俺は椅子の背もたれに体を預ける。

「ふぅ……」

「レイ。よく頑張ったわね」

「セラ先輩」

一息つくと、先輩が飲み物を渡してくれる。

俺は水を一気に喉に流し込むと、セラ先輩に一礼をする。

「先輩。ありがとうございます」

「いいのよ。それに本当に、レイはよく頑張ってくれたしね」

レベッカ先輩が近づいてくる。

「レイさん」

スッと、彼女は手を差し出してきた。

「あなたのおかげで、文化祭は成功に終わりました。厳密に言えば、後夜祭が残っていますが、今年も無事に三日間を終えることができました。本当にありがとうございます」

薄くて小さな手を握ると、レベッカ先輩は頭を下げた。真っ黒な艶《つや》やかな髪が、さらりと流れる。そんな先輩の様子を見て、俺は……感情を顔に出さないように努める。

「いえ。こちらこそ、先輩のお手伝いができて良かったです。本当に最高の文化祭を経験することができました。感謝します。レベッカ先輩」

「ふふ。レイさんってば、本当にあなたは不思議な人ですね」

クスッと手を口元に持っていくと、他の先輩方も優しい笑みで俺を見つめる。

「では皆さん。講堂に移動しましょう。最後の発表の時間です」

レベッカ先輩の後を、全員がついていく。

そんな中、俺はただ一人立ち尽くしていた。

この生徒会にいた期間はまだ短いが、ここには思い出が詰まっている。

セラ先輩、それに他の先輩方だけではない。レベッカ先輩との時間も、ここには残っている。

彼女の笑顔も、少し拗《す》ねたような顔も、怒った顔も、悲しそうな顔も、見てきた。この目に焼きつけてきた。

だからこそ俺は……先輩を壊さなければならない。

全ては、先輩を救うために——。

講堂での発表は、セラ先輩とレベッカ先輩が行うということで、俺は壇上ではなくクラスメイトのもとにやってきていた。

「レイ！　戻ってきたのね！」

アメリアだ。

メイド喫茶をやり切った興奮からか、その頬は赤くなっていた。

あの達成感は最高のものだった。俺もまた、やり切ったという自覚がある。

「あぁ。無事に集計は終了した」

「ということは、順位はもう知っているのよね？」

「そうだが……言わないことになっている。発表の時まで、待っていて欲しい」

「そうよね……うわ～、ドキドキしてきた！」

俺の話を他のクラスメイトも聞いていたようで、全員ソワソワとしている。

「それでは、順位を発表していきます――」

レベッカ先輩の澄んだ美しい声が聞こえてくるが、俺は頭の中で考えていた。

自分がこれからやるべきことについて。

『うわあああああああああ！』

『きゃあああああああああ！』

自分の考えに集中していた俺は、その声が周囲から湧き上がるのを感じ取って、ついに一位の発表が行われたのだと知った。

「やった！　やった！　レイやったわ！」

「レイくんやったね！」

「レイ！　一位だぜ！　おい！」

「やったな。レイ……」

アメリア、エリサ、エヴィ、アルバートがそれぞれ俺に向かってそう声をかけてくる。

みんなは沸き上がっている。この時に、俺一人が喜んでいないのはおかしいだろう。俺はすぐに、その盛り上がりに溶け込むように努める。

「……あぁ！　やったな！」

反応が少しだけ遅れてしまうが、何とか声を出すことができた。

「レイ……どうしたの？　何かあった？」

様子がおかしいのに気がついたアメリアが心配の声をかけてくれる。

俺は全てを打ち明けるわけにもいかず、ただ顔を俯かせる。

「レイ。何があったの？　あなたがそんな風になるなんて」

「アメリア。俺は……」

「言えないのよね？」

「すまない」

察してくれているのか、彼女は優しい声音でそう言った。

それから俺の両手をギュッと包み込んでくれる。

「レイは強いけど、やっぱり弱いところもあるよね。でもね、それって人間らしいと思うの」

　喧騒の中、俺たちは互いの姿しか見えていなかった。

　周囲の声も、状況も、何も目に入らない。聞こえない。

　ただ俺は、アメリアの美しい姿に見惚《みと》れていた。

「レイ。ありがとう。私はあなたと出会えたから、ここまで来れた。文化祭を心から楽しむことができた」

「あぁ」

「レイはとっても良い人よ。あなたはとっても優しくて、とっても綺麗な人。何があったかは、知らない。でもきっと、レイならできるって信じてるから」

「……アメリア。俺は、しっかりと進めるだろうか」

「馬鹿ね」

　アメリアは、俺のことをギュッと抱きしめてくれた。

「あなたならできるわ、きっと。だって、私だけじゃない。レイ、あなたのおかげで、みんな変わったんだもの」

　抱擁を解くとアメリアはそっと視線をみんなの方に促す。

「おいおい！　見せつけてくれるねぇ！」

「熱いねぇ！　お二人さん！」

「ヒューヒュー！」

「ホワイト、やったな！　お前のおかげだ！」

「ホワイトくん！　ありがとう！　あなたがいたおかげで、一位を取れたわ！」

クラスメイトたちは、なぜか俺に向かって感謝の言葉を述べる。

いや……なぜ、ではないか。

俺は知らないうちに、みんなのため何かをすることができていたのだろうか。

「ねぇレイ」

「……………」

「この光景はね。みんなで作り上げたもの。そして、中心にはあなたがいたの。もう分かっているでしょう？」

「そうか……いや、そうだったのか」

悟る。

俺は自分で思っていたよりも、周りに影響を与えることができていたのか。

ただ真っ直《まっす》ぐに、愚直に、我武者羅《がむしゃら》に進んできた人生だった。

振り返ることはなかった。

凄惨な人生に、向き合うことなどしたくはなかったから。

顔を上げる。するとそこには、みんなの笑顔が浮かんでいた。

この中心に俺がいるなんて、不思議なものだ。

でも、人生何が起こるかなんて決して分かりはしない。

未来を正確に予測することなんてできない。

ただ毎日を懸命に進んできただけ。

その到達点が、今だった。

「レイならきっとできる。それにあなたが魔術剣士競技大会《マギクス・シュバリエ》で私を奮い立たせてくれたように、私もあなたにとってそんな存在になりたい」

あぁ、アメリア。

君は本当に強くなったのだと。

あの時の面影はもう見えない。

アメリアは俺以上に大きく見える。

彼女の姿がより一層、美しく見える。

「アメリア。ありがとう。そうだな、俺はもう手に入れていたんだ。大切なものをずっと前から」

ボソリと呟く。

そうだ。俺はできる。

果たすことができる。

この光景をレベッカ先輩にも見せたいと。
これは俺だけではない。アメリアだけでもない。クラスメイトだけでもない。
レベッカ先輩もいたからこそ、成し遂げることができたのだと。
俺は伝えたい。
「みんなありがとう！　最高の文化祭だった！」
『おおおおおお！』
全員で拳を突き上げる。
あぁ。
もう覚悟は決まっている。
俺は先輩を救う。それだけだ。
それが俺の使命なのだから。

第六章 最愛の姉妹

「どうしたのレイ。こんな所に呼んでさ」

屋上。

すでに日は暮れつつあり、学院の生徒たちは後夜祭を今か今かと待ち望んでいる。

だが、後夜祭には参加できない。

俺にはやるべきことがあるからだ。

「マリア。君に大事な話がある」

「えっと、もしかしてあの件？」

「そうだ」

淡々と、冷静にマリアに話しかける。

ちょうど講堂の外にいたマリアをつかまえると、俺は彼女を屋上へと招いた。

全ては、レベッカ先輩のために。

これに関しては、マリアにも協力してもらう必要があるからだ。

「その前に、一つ。俺の素性を明かしておこう」

これから行うことを考えると、俺のことを話しておいたほうがいいと判断した。

「素性？」

「あぁ」

「な、何かあるの？」

緊張感が漂う。

マリアもそれを感じ取っているのか、額に微《かす》かに汗が滲《にじ》んでいる。

「俺は、氷剣の魔術師だ」

「え？」

瞬間。突風が吹いた。

互いに靡《なび》く髪の毛。

髪を押さえることなく、俺は自分の素性を明かす。

交差する視線を逸《そ》らすことなく、マリアに現実を突きつける。

「そ、それって……どういう意味なの？」

「言葉の通りだ」

「う、嘘《うそ》だって。レイは一般人《オーディナリー》で、そんなわけが」

マリアはおぼつかない足取りで、後方にズルズルと下がる。

一方で俺は、マリアの方へと歩みを進めていく。

そして、告げる。

どうして俺が、自分の正体を告げたのか。さらには、今の状況を。マリアが考えていた疑問は全て氷解するだろう。残酷な真実によって。

しばらく俺は話を続けた。その際に、アトリビュートである氷剣も見せた。これこそが、氷剣の魔術師の象徴であると。

マリアはその魔術を見て理解してくれた。彼女も、三大貴族が一人。この魔術の、練度の片鱗《へんりん》はわかるようだった。

そうして全ての真実を、彼女に伝えた。

「う、嘘……そんなことって」

「事実だ。マリア、君には協力してほしい」

「な、何を？　私に何をさせる気なの？」

マリアは怯《おび》えていた。

それもそうだろう。こんな話、信じたくはない……というのは理解できるが、やってもらうしかない。

「それは――」

言葉にした。

その瞬間、彼女は怯えから怒りに感情が変化した。

「そんなっ！　そんなことってないわ！　私にそんなことができるわけがないっ！　お姉ちゃんはずっと苦しんできていたのに……っ！」

「──するしかない」

「でもっ！」

一気に距離を詰めると、俺はマリアの両肩を思い切り摑《つか》む。

怒りに支配されている双眸《そうぼう》をじっと見据える。

美しく煌《きら》めく真っ赤な瞳。怒りに燃えていた。

誰よりも愛する姉にそんなことができるわけがないと、マリアは訴えていた。

「マリア、どうか協力してほしい」

俺の手は震えていた。

こんな時に思い出すのは、レベッカ先輩との思い出だ。

入学してしばらくした時、先輩はランニングをしている俺に声をかけてくれた。

一般人《オーディナリー》だと分かっているのに、彼女は俺と同じ目線で話してくれた。

それから同じ部活に所属することになり、先輩には本当にお世話になった。

たくさん話をした。色々なレベッカ先輩の表情を見て来た。

笑っている顔、怒っている顔、嬉《うれ》しそうな顔、それに悲しそうな顔。

三大貴族であるが謙虚であり、とても優しい先輩。

俺はこれから、もっと悲しい思いをレベッカ先輩に強いる。

「レイ……」

マリアは俺の名前を呼ぶと、そっと震えている右手に触れてくれる。

「そう。そうよね。レイだって、お姉ちゃんにそんなことをしたいって思うわけないわよね」

「あぁ……」

「私だってそう。お姉ちゃんにもう、辛《つら》い思いはして欲しくない」

「俺だってそうだ」

俯《うつむ》く。拳を握りしめて、痛みに耐える。この心は、今にも壊れてしまいそうだった。

「しなくちゃいけないの？」

「それしか方法は、ない」

「うん。そっか……分かったわ。協力してあげる」

屋上から下を見ると、すでに後夜祭の準備は始まっている様子だった。

レベッカ先輩のことは、手紙でこの場所に呼び出してある。

後は二人で、彼女を待つだけだ。

すでに師匠たちも動いているのだろう。

それに、ブルーノ＝ブラッドリィとエヴァン＝ベルンシュタインもまた。

全ての駒《ピース》が動き合い、それぞれの目標に向かって前進する。

「マリア。詳細は――」

そして俺は、マリアと話し合った。

今後の段取りについて。二人で意見を出し合い、決まった。

「はぁ。なんだか私って、いつも損な役回りばかり」

「すまない」

「もう。そんな深刻な顔しないでよ」

「しかし」

「いいのよ。どうせ、こうでもしないと私たち姉妹は向き合うことはできないと思うから。いい機会よ」

「そう言ってもらえると、助かるが」

「レイもシャキッとしなさい！　もうすぐ時間でしょ？」

「あぁ。そうだな」

二人でレベッカ先輩のことを待つ。

そしてついに、夜の帳《とばり》が下りた。

校庭では後夜祭のために、キャンプファイヤーが設置されている。その火の明かりが、この屋上からはよく見える。

下の方からコツ、コツと足音がする。

しばらくして、扉が開く。

現れたのはレベッカ先輩だった。

先輩のことは手紙で呼んでおいたのだ。屋上に一人で来て欲しいと。

「マリア……？　どうしてここに？」

この状況が理解できていないレベッカ先輩は、ただ啞然《あぜん》としていた。

基本的にこの場は、マリアに流れを任せることにしている。

どうせなら自分に任せて欲しいと、彼女が言ったからだ。

そして、マリアは俺の腕に自身の腕を絡めると、こう告げた。


「お姉ちゃん。私ね、レイと付き合うことにしたわ。結婚を前提に交際するの」


「え……？」

始まる。

俺たちは共犯者。

レベッカ先輩の心に絶望を刻むために――。

◇

私はものごころついた時から、お姉ちゃんが大好きだった。

「お姉ちゃん大好きっ！」

「もう。マリアったら」

お姉ちゃんは誰よりも綺麗《きれい》だった。誰よりも心が美しかった。

私にとってお姉ちゃんは全てだった。

だが私は知る。自分がこの世界とは、決定的にズレていることに。


「ねぇ見てアレ」

「真っ白」

「気味が悪いわ……」

周りの人にそう言われていると気がついた時、自分の容姿の異質さに初めて気がついた。

真っ白な髪の毛に、真っ白な肌。両目は緋色《ひいろ》に染まっている。

家族の中で私だけが真っ白だった。

もしかして私はこの家の子どもじゃないのかもしれない。

そう思って母に聞いてみたが、私は間違いなくブラッドリィ家の子どもらしい。

当時はあまりよく理解していなかったが、いわゆる突然変異というやつらしい。

「ねぇ、お姉ちゃん……」

「ん？　どうしたの、マリア」

二人で遊んでいる時に、聞いてみた。

私は気持ちが悪いのかと。周りと違うから、変な子と言われてしまうのかと。

「私って変なのかな……？」

「そんなことないわ。マリアはとっても綺麗よ」

「でも真っ白で、目も真っ赤で……お姉ちゃんとは違うもん」

俯く。

出来ることなら、お姉ちゃんのように美しく生まれたかった。

艶《つや》やかで絹のように流れるサラサラな黒い髪を、私も持っていたかった。

お姉ちゃんと顔は似ている。だから姉妹なのは間違いない。

でもどうしてこんなにも、お姉ちゃんを遠く感じてしまうのだろう。

「マリアは、ウサギさんみたいでとっても可愛《かわい》いわ」

「ウサギさん？」

「そうよ。真っ白でふわふわで、目も真っ赤。マリアと同じで、とっても可愛いウサギさん」

「……本当？」

「もちろん！　だってマリアはこんなにも綺麗なんだからっ！」

私の揺れているこの真っ赤な瞳をお姉ちゃんはじっと見つめてから、ニコリと微笑《ほほえ》んだ。

嬉しかった。

周りと違うことは、仕方がない。

けど、私にはお姉ちゃんがいる。

だからずっと私たちはずっと仲睦《むつ》まじい姉妹でいることができると……そう思い込んでいた。

それから先、お姉ちゃんの有能さを私は知ることになった。
お姉ちゃんはなんでもできた。
勉強、お稽古、あらゆる習い事、礼儀作法、それに魔術。
三大貴族の中でも、お姉ちゃんは魔術師として優秀だった。いや、優秀過ぎた。
比較されるのは、時間の問題だった。
だから、私が自分自身を見限るのにそんなに時間はかからなかった。
「いたっ……」
ピアスを開けたばかりの耳から血が流れるのを見て、呆然《ぼうぜん》と自分の手を見つめる。
血が滴るのがどこか心地よかった。
髪も奇抜な髪形にしてもらった。
きっとそうしなければ、自分を保つことができなかったから。
「マリア……」
「……………」
お姉ちゃんからは自然と距離を取るようになった。
私はお姉ちゃんが大好きだ。でも、お姉ちゃんが大嫌いだ。
そんな矛盾をはらんだ感情を抱いたまま、私は成長していった。

「……帰ろうかな」

文化祭最終日。

私はリリィーお姉様のメイド喫茶を満喫して、お姉ちゃんの姿も充分に見ることができたので、自宅に帰ろうとしていた。

そんな時に、レイに声をかけられた。

「マリア」

「レイ。どうしてここに？」

「君を探していたんだ」

「私を？」

もしかして、あの件かもしれない。それは、レイの真剣味を帯びた雰囲気から分かった。

レイに大事な話があると言われて、屋上について行った。

そこで彼に告げられたのは、信じられない話だった。

レイが氷剣の魔術師ということにも驚いた。

でもそれ以上に、彼が今からしようとすることは理解ができなかった。

そして、その背景を説明された。

とにかく状況を整理するので手一杯だった。

理解できたのは、お姉ちゃんを助けるために……私たちはお姉ちゃんに酷《ひど》いことをしなければならないということ。

お姉ちゃんのことは今でも大嫌いだ。

でもそれ以上に、お姉ちゃんの存在によって、私はいつも劣等感を覚えてしまうから。

いつか向かい合う必要があるのは分かっていた。

そして私は、屋上に上がってきたお姉ちゃんと向き合う。

まるで理解できないと、どうして二人が一緒にいるのかと、そう思っている表情だった。

姉妹だからよく分かる。

お姉ちゃんの心を揺さぶるにはどうしたらいいか、私はよく知っている。

似ているのは心もきっと同じだから。

隣にいるレイの腕をギュッと摑むと、私は淡々とお姉ちゃんに言った。

「お姉ちゃん。私ね、レイと付き合うことにしたわ。結婚を前提に交際するの」

「え……？」

始まる。

私たちは共犯者。

お姉ちゃんの心に絶望を刻むために——。

◇

私はものごころついた時から、マリアが大好きだった。

「お姉ちゃん大好きっ！」

「もう……マリアったら」

マリアは誰よりも綺麗だった。誰よりも心が美しかった。

だが私は知る。この世界の残酷さというものを。

「マリア」

「お姉ちゃん。もう、私に近づかないで……」

マリアは自然と私から離れていった。

手を伸ばすが、引き止めることはできなかった。

ずっと仲の良《い》い姉妹でいると思っていた。

けれど、変わらずにはいられなかった。

血統を重視し、異質なものを排除する社会は、私たち姉妹にとって枷《かせ》でしかなかった。

それでも私は、ブラッドリィ家の長女として努力する必要があった。私が使い物にならないと分かれば、次はマリアが貴族としての苦労を背負うことになってしまう。

マリアのためにも、私はお姉ちゃんをしなければならない。

たとえそれが、マリアを傷つけることになったとしても。

私にできることは、それしかないのだから。

徐々に離れていくマリアを止めることはできなかった——。


「あれは……？」

ある日。

生徒会での活動が終わった時だった。文化祭の準備をして、今日も疲れたと思って自室で休もうと思っていた矢先。

マリアがいた。

学院の門の前で、誰かを探しているみたいだった。

もしかして私に会いにきたのだろうか。

少しだけ嬉しく思う。私にわざわざ会いにくることなんてなかったから。

そう考えていると、マリアが声をかけたのはまさかのレイさんだった。

「え……？」

ギュッと胸の前で両手を握り締める。

ズキズキと胸が痛むのは、どうしてだろう。

私はこんな胸の痛みを知らない。

二人で話している様子を、私は茫然《ぼうぜん》と見つめていた。

「――で」

「そ――なのか？」

「ええ――」

後をつけて来てしまった。好奇心からか、それとも……。

「……戻ろう」

ボソリと呟《つぶや》いて、私は寮の自室へと向かっていく。

ふと、後ろをちらりと見るとマリアは笑いながらレイさんの肩を叩《たた》いていた。二人が仲良くなるのは嬉しい。

マリアのことも、レイさんのことも、大好きだから。

でも――。

「……ッ」

この心に宿る、黒い感情を無視すると私は走っていくのだった。

全ての感情を振り払うようにして。


「手紙……？」

生徒会室に戻ると、手紙が置いてあった。送り主は、レイさんだった。

今更、どうして手紙なんか。

口頭で言ってくれたらいいのにと思った。

そこには簡潔に、

『屋上で待っています』

と書かれていた。

「屋上？」

どうして屋上に？　と思ったけれど純粋に嬉しかった。

どうせなら、後夜祭はレイさんと二人で過ごしたいと思っていた。

彼にはとてもお世話になったから。お礼を改めて言いたい。

私は屋上への階段を登りながら髪を手櫛《てぐし》で整える。

服装も変なところがないか、確認する。

「…………」

でも何か、嫌な予感がする。

この先に進んではいけないと、本能が告げる。

けれど、レイさんが待っているので進まないわけにはいかない。きっと待たせてしまっている。私は自分の警鐘を無視して、屋上への扉を開けた。

突風が吹く。

流れる髪を押さえて私が見た光景は、受け入れがたいものだった。

「マリア……？　どうしてここに？」

尋ねる。尋ねるしかなかった。

どうして？

どうして二人が一緒にいるの？

鼓動がドクドクと打たれる。胸に手を当てる。

信じられない。

どうして、どうしてなの、マリア？

嫌だ。嫌だ。嫌だ。聞きたくない。

そんな顔をしないで。

聞きたくない。

聞きたくないッ！

そして、マリアがギュッとレイさんの腕に自分の腕を絡めると、残酷な現実を私に突きつけてきた。

「お姉ちゃん。私ね、レイと付き合うことにしたわ。結婚を前提に交際するの」

「え……？」

今からきっと知りたくない現実に直面する。

それはきっと、私の中にある黒い感情を再び呼び起こしてしまう――。

◇

始まった。

この場はマリアに任せている。自分に任せて欲しいと、覚悟を決めた瞳でそう言ったからだ。

俺は静かに、この場を見守る。

先輩は一瞬だけ顔を歪《ゆが》めるが、すぐに笑顔を作る。

「お、おめでとうございます！　その……マリアにはずっといい人がいないかと思っていたので、嬉しいです！　レイさん。これからマリアをよろしくお願いしますね？」

「はい。もちろんです」

先輩が動揺しているのは分かっていた。

しかし、俺にできるのはこの状況に流されることだけだ。

「ま、レイが一般人《オーディナリー》ってことに突っ込んでくる奴《やつ》もいると思うけど。別にいいわ。だって私たちはこんなにも愛し合っているんだから」

ギュッとマリアが俺の体を抱きしめてくる。

俺もまた、彼女と同じようにその体を抱きしめる。

その姿を見た先輩はギュッと拳を握り締めると、踵《きびす》を返す。

「では私はこれで、失礼します……」

その瞬間。マリアはさらに言葉を続けた。

「お姉ちゃんはいいよね。私が持っていないものをずっと持ってた。だから私は、幸せになる。自分の意志で、自分で選んだ幸せを手に入れる。でもいいよね？　だってお姉ちゃんは、なんでも持ってるから。婚約者は自分では選べなかったけど、あの人もいい人だし、家柄も問題ないでしょ？」

「…………」

初めて見た。

レベッカ先輩の瞳には、怒りが含まれていた。

瞳だけではない。彼女の相貌は怒りによって、歪《ゆが》んでいた。

「何？　文句でもあるの？」

俺から離れると、マリアはズカズカと歩みを進めてレベッカ先輩を見下すようにして、声をかける。

「お姉ちゃんは昔からそうだった。私が欲しいものを全部持ってる。だからいいよね？　ねぇ、なんとか言いなよ」

「…………」

先輩は俯いて震えていた。

「私がッ！　私がどんな気持ちで過ごしてきたか、知らないくせにっ！」

怒声。

先輩は声を荒らげる。

「は？　知るわけないじゃん。だからなに？」

「あなたはいつもそうっ！　私の陰に隠れて、逃げているだけじゃない！」

「なにそれ。私も辛かったんだけど？　お姉ちゃんとずっと比較されて、さ」

「それは私も同じ！　辛かった！　ずっとずっと、ずっと辛い思いをしてきたっ！　でもそれは、マリアの為《ため》だと思って、そう思っていたのに……そんなことを言うなんて、信じられないっ！」

ふぅ、ふぅ、と呼吸を乱すレベッカ先輩。

瞬間。

パシンと頬を叩く音が聞こえてきた。

「え……？」

マリアがレベッカ先輩の頬を右手で叩いたのだ。

「そんな感情的になって、ばっかみたい。自分で勝手にしてきたことでしょ？　いまさら私にそんなこと言われても、困るんだけど？」

「う、うわああああああああああっ！」

感情を抑えきれなくなったのか、レベッカ先輩はついにマリアに殴りかかった。

二人でその場に倒れ込み、頬を叩いて、馬乗りになるレベッカ先輩。

呼吸を荒らげながらマリアに怒声を浴びせる。


「私のことなんて、何も知らないくせに！」

「お姉ちゃんはいつもそう！　言いたいことは言えばいいじゃん！」

「言えるわけがない！　私はずっと我慢するしかないの！」

「そうやって溜《た》め込《こ》んでいるから、自分の本心から逃げているから！　後悔するのよ！」

「うるさい、うるさい、うるさいっ⁉　マリアのことなんて、嫌いだった。ずっと、ずっと嫌いだった！　守られているばかりで、いつも可哀想《かわいそう》で、悲劇のヒロインぶっているあなたが嫌いだったっ！　自由に振る舞えるマリアがずっと大嫌いだった！」

「私だってそう！　私と違ってみんなに褒められて、綺麗でお淑《しと》やかなお姉ちゃんが嫌いだった！　嫌い、嫌い、大嫌いっ！」

互いにもう、心身ともにボロボロだった。
涙で顔は歪んでいた。
レベッカ先輩も、マリアも、涙を流す。
俺は止めるべきだったが、止めることはない。

「なら、初めからそう言えばいいじゃん！　私のことなんて嫌いで、いなくなればいいと思ってるって！　お姉ちゃんもずっと思ってたんでしょ、私なんていらないって！　ブラッドリィ家に必要ないって！」

悲痛な叫び。
マリアは涙を流して、レベッカ先輩にその想《おも》いを告げた。

今まではレベッカ先輩を煽《あお》るために演技をしていたが、間違いなく今の言葉は本心だった。

レベッカ先輩は勢いを失って、呆然と座り込む。

瞳からは止めどなく涙が溢《あふ》れる。

「マリアがいなくなって欲しいなんて……思ったことはない！　大嫌い。嫌いなところもあるけど！　けど、マリアのことは大好きなの！　そんなことを、そんな悲しいことを言わないでっ！」

悲痛な叫びを、レベッカ先輩もまたマリアに向ける。

「……お姉ちゃん」

ほつれる髪の毛を整えることはなく、マリアは真剣な表情で先輩の様子を見守る。

その瞬間。

先輩の様子が、どこかおかしくなるのを俺は感じ取った。

彼女は自分の両目を押さえる。よく見ると、微かに血が漏れ出しているようだった。

また、真っ黒な瞳は金色に変化していた。

魔眼《まがん》が発動している兆候だ。

その魔眼から大量の第一質料《プリママテリア》が溢れ出してくる。

「マリアは……マリアは大事な妹。それに、レイさんも。みんなも……あ、う……目が……痛い、痛い、痛い、痛い、うわああああああああああ！」

溢れ出る第一質料《プリママテリア》の奔流。先輩を中心にして、渦のように第一質料《プリママテリア》が溢れていく。

やはり、彼女の言っていたことは本当だったのだ。

「マリアッ！　下がるぞッ！」

「う、うん！」

マリアの小さな体を抱き抱えると、俺たちは後方に下がる。すでにこの領域内には、結界を張っておいた。

それに妙な感覚だ。いつも以上に、感覚が馴染《なじ》んでいる気がする。

やはりこれは、先輩との共鳴なのだろうか。

「マリア。離れて待っててくれ」

「お姉ちゃんを、よろしくね……」

「あぁ」

歩みを進める。

溢れ出る第一質料《プリママテリア》が止まることはない。

真っ赤な第一質料《プリママテリア》が渦を巻くようにして、先輩の周囲に留まっている。俺はそれを減速《ディセラレーション》と固定《ロック》で抑え込んでいく。

レベッカ先輩にはいま、魔術領域暴走《オーバーヒート》が起きている。

それは過去に経験したからこそ、分かる。

俺とマリアの目的はこれだった。

人為的にレベッカ先輩の魔術領域暴走《オーバーヒート》を引き起こす。

魔術領域暴走《オーバーヒート》は魔術の過度の使用もあるが、感情が昂《たかぶ》りすぎると、生じてしまう現象でもある。

敢《あ》えて、魔術領域暴走《オーバーヒート》を引き出し、抑え込む。

それが俺がここにいる理由だった。先輩の持っている力は、封印しなければならないから。

また、この魔術領域暴走《オーバーヒート》に対処できるのは俺しかいない。

「先輩」

「レ、レイさん……？」

前もよく見えていないのだろう。

レベッカ先輩はその渦の中心で、ただ蹲《うずくま》っていた。

「……私はマリアに酷いことを。あんなふうにするべきじゃないと、分かっていたのに……私はとても醜いですね」

「…………」

「はは。幻滅、しましたか？」

先輩の第一質料《プリママテリア》をゆっくりと抑え込みながら、涙を流す彼女と向き合う。

「そんなことはありません。人間は誰しも葛藤や悩みを抱えているものです。だから俺は、先輩を今でも尊敬しています」

「でも」

「それに、先輩に辛い思いをさせてしまった……」

悔いる。

本当はもっと別にいい方法があったのではないか。

だが俺は、彼女の提案したままに実行した。これこそが、最善だと思ったから。それに方法はこれしかなかった……。

心に残るのは、先輩への懺悔《ざんげ》だ。

「それは、どういう？」

「これが終われば全てを話します。だから今は眠っててください」

先輩の身体《からだ》を優しく抱きしめる。

全てを包み込むようにして、その身体を優しく、ゆっくりと包み込む。

俺は、コードを走らせる。

《第一質料《プリママテリア》＝エンコーディング＝物資《マテリアル》コード》

《物資《マテリアル》コード＝ディコーディング》

《物質《マテリアル》コード＝プロセシング＝減　速《ディセラレーション》＝固定《ロック》》

《エンボディメント＝現　象《フェノメノン》》

「――体内時間固定《クロノスロック》」

発動した魔術は体内時間固定《クロノスロック》。

先輩の暴走している魔術領域を固定した。

すると周囲の第一質料《プリママテリア》が収束していき、レベッカ先輩は意識を失った。

マリアが後ろからゆっくりと近づいてくる。

「お姉ちゃん。大丈夫なの？」

「あぁ。成功だ」

「良かったぁ」

マリアはその場に座り込む。安心したのか、完全に気が抜けているようだった。

「マリア。その……」

「いいのよ。思っていたのは本当だったし、いつかお姉ちゃんとは向き合う必要があると思ってたから。でも、あはは……お姉ちゃんがこんなに殴ってくるとは考えてもみなかったけど。私も本気で殴っちゃった」

「すまない。俺は、見ていることしかできなかった……」

「だーかーらー！　いいってば！　もう、シャキッとしてよね」

「あぁ。そうだな」

レベッカ先輩の身体を抱きかかえて師匠たちと合流しようかと思っていると、後ろから声が聞こえた。

「おっと。そいつは置いていってもらうぜ？」

振り向く。

そこにいたのは、大男だった。軍人と同じか、それ以上に鍛えられている巨軀《きょく》は圧倒的な威圧感があった。

だが、これは予想どおり。

きっとこのタイミングで来るだろうと思っていた。

「マリア。レベッカ先輩を見ていて欲しい」

「……分かったわ」

すでにここで戦いになるかもしれないと、マリアには説明してあった。

俺は向かい合う。

自分の能力を完全に解放して。

溢れ出る青白い第一質料《プリママテリア》。

それを見て相手はニヤリと不敵に嗤《わら》う。

「お前が当代の氷剣か」

「あぁ。お前は暴食《バラトロゴ》だろう？」

「やはり知っているか」

「もちろん。これは用意されたシナリオだからな」

「ははは！　あぁ。分かっているさ！　でもな、当代の氷剣と戦えるとはなぁ……ははは！　高ぶってきたぜ！　お前の全てを喰《く》らい尽くして、俺はさらなる高みにたどり着いてみせるッ⁉　最高のご馳走《ちそう》だぜ、お前はよぉ⁉」

巨軀。

あまりにも大きなその体は、エヴィや部長の比ではない。それに、纏《まと》っている第一質料《プリママテリア》の質も違う。

雰囲気を見れば分かる。こいつは、血で塗《まみ》れ、殺戮《さつりく》を重ね続けている魔術師。

俺と同じだからこそ、分かる。

コードを走らせると魔術を発動。

顕現した氷剣を、両手で握り締める。

「──いくぞ」

「あぁ！　望むところだぜえええええッ⁉」

微かな月明かりに照らされ、俺たちは戦いを始めた。

第七章 虚構の魔術師

夜の帳《とばり》が下り、暗闇の時刻となった。二人はいつものように地下室に向かうと、そこで酒を飲む。

モルスは適量だが、パラはいつものように大量にアルコールを摂取する。

「当日、パラさんはレイ＝ホワイトの対処をお願いします」

「タイミングは？」

「レベッカ＝ブラッドリィの封印後で構いません」

「邪魔するのは無しなんだよな？」

「ええ。その状態の方が保管しやすいので。氷剣の能力でおそらく封印するつもりなのでしょう。向こうの筋書きとしては」

「なるほど。なら、封印後に氷剣を殺して、レベッカ＝ブラッドリィを確保すればいいんだな？」

「はい。では、幸運を」

そこでモルスとパラは別れるのだった。

反響。

コツコツと地面をブーツで踏み締める音が響き渡る。

アーノルド魔術学院には非常用の通路として、膨大な地下空間が広がっている。この情報を知るのは、この学院の教員とその他の上位魔術師のみ。

モルスは地下空間にやってくると、真《ま》っ直《す》ぐ前を見据えてただひたすらに進む。

視界に映るのは人影。

知っている。

知っているとも。

モルスはその姿を知っている。

なぜならばそれは、彼自身と全く同じ姿をしているのだから。

「久しぶりだね。今はモルス、という名前だったかな？」

かけられた言葉に、モルスはまるで何も映っていないかのような暗い瞳で、相手を見据える。

「いや、こう言うべきだね。久しぶり、エヴァン＝ベルンシュタイン」

「あぁ。十年ぶりだ。リーゼロッテ＝エーデン。いや、こう言うべきか？」

一瞬だけ間を置くと、モルスことエヴァンはこう言った。

「――虚構《きょこう》の魔術師」

溢《あふ》れるのは第一質料《プリママテリア》の奔流。

徐々に変化していく姿は女性のものに変わっていく。

そう。

リーゼロッテはエヴァン＝ベルンシュタインに成り代わっていたのだ。

そして、リーゼロッテはその姿を元のものに戻す。

「【僕／私】がこの姿になるのはいつぶりかな？　さて、エヴァン。改めて、久しぶりだね。ずっと、ずっと待っていたよ」

姿は全くの別人のものになっていた。

真っ黒なロングコートに、ロングブーツ。

雪のような真っ白な肌と、純白の長髪は腰まであり、サラサラと流れている。

「リーゼ。やっとだ、やっとここまできた」

「………」

「リーゼ。死んでくれよ、なぁ？」

モルスことエヴァンは自分の胸を痛いほどに握る。

あまりにも強く握り締め過ぎて、指先からは血が滴る。

「お前がいると俺はダメなんだ。ずっとお前が心を支配する。その存在が、俺をかき乱し続ける。だから、死ねよ。十年、この十年。ずっとお前を殺すことを考えていた。当て付けのように、俺の姿になってまでベルンシュタイン家を維持していたのは、お前も俺を恨んでいたからだろう？　だからこそ、ここで全てを終わらせる」

「私は……」

違う、と声に出したかったが出なかった。

もうエヴァンに声は届かないと、リーゼロッテは分かってしまったから。

ずっと彼女は待っていた。

地位も名誉も捨て、家族も皆殺しにして彼はいなくなった。

全てはリーゼロッテを超えるために。

彼女の魔術師としての才能に嫉妬し、身を堕《お》としても彼は真理探究を求めたのだ。

それでも、彼女は待っていた。

彼がいつ戻ってきてもいいように、ベルンシュタイン家を守ってきたのだ。

この事実は魔術協会の会長には伝えてある。

公に、ベルンシュタイン家の人間が皆殺しにされたと発表するわけにもいかない。会長はたとえ私情があったとしても、リーゼロッテが成り代わることでベルンシュタイン家を維持することを許可した。

それから彼女は自分の魔術を使って、ベルンシュタイン家の人間を演じ続けていた。虚構を見せることは、彼女が一番得意としていることだったから。

そして、彼を待ち続けて十年。

ついに戻ってきたエヴァンは、今はモルスと名を変えていた。

だが、それはもうリーゼロッテの知っている彼ではなかった。

「……エヴァン。私は」

対話を試みようとして、微《かす》かに声を漏らす。

ブルーノ＝ブラッドリィから依頼を引き受けたのは、全てエヴァンと出会うためだった。彼が裏で動いているのは分かっていたから。

彼を正気に戻したいと、そう願っていたけれど……。

もう自分の心は届くことはないのだと、リーゼロッテは悟った。

「――ダークトライアドシステム、起動《アクティベート》」

戦闘が始まる。

エヴァンはダークトライアドシステムを起動。

周囲にあふれる漆黒の第一質料《プリママテリア》。

この戦闘に際して、リーゼロッテは囚《とら》われているグレイからその情報を引き出していた。

だから、その対処法は既に心得ている。

「死ねええええええええッ！」

異形と化したエヴァン。

グレイの時とは異なるが、体は全体が紫黒《しこく》に染まり切っていた。そして、漆黒の第一質料《プリママテリア》を操作して、リーゼロッテの命を刈り取ろうとする。

――知っているよ。エヴァン。ダークトライアドシステムのことは。

人間の暗黒面を増長して、魔術領域を一時的に膨張させる能力。だがそれは、諸刃《もろは》の剣でもある。使用すれば、元に戻る保証はない。

いわば、人為的に魔術領域暴走《オーバーヒート》を引き出す異能だ。

「…………」

しかし、稀代《きたい》の天才魔術師である彼女には、倫理の枷《かせ》を外してダークトライアドシステムに縋《すが》ったとしても、届くことは決してない。

《第一質料《プリママテリア》＝エンコーディング＝物資《マテリアル》コード》
《物資《マテリアル》コード＝ディコーディング》
《物質《マテリアル》コード＝プロセシング＝共感覚《シナスタジア》》
《エンボディメント＝現象《フェノメノン》》

「――魔術領域自壊《アポトーシス》」

エヴァンの魔術領域に直接座標を指定すると、リーゼロッテは魔術を発動した。

「う……う、うわあああああああああああああ！」

絶叫。

発動した魔術は、魔術領域自壊《アポトーシス》。

自身の有する崩壊因子を共感覚によって共有する。

魔術領域暴走《オーバーヒート》を起こしている魔術師には天敵というべき魔術だろう。

「う……ぐああああああああ……あぁ、あああ……」

その場に伏せるエヴァン。

苦しんでいる彼をリーゼロッテは冷静に見つめる。

「エヴァン」

「う……あぁあああ……リィィイイイ……ゼェェエエエエ⁉」

這《は》う。

かろうじて動く両腕を使って、リーゼロッテのもとに這ってくるエヴァン。

倫理の枷を外して、非人道的な道に進もうとも、七大魔術師の足元にも及ばない。

「こ……これが、最強の魔術師……虚構の魔術師……な、の……か……ぐっ……ごほっ……！」

彼女は否定する。

首を振って事実を突きつける。

「違うよエヴァン。最強は、氷剣だよ。それも、当代の氷剣の魔術師であるレイ＝ホワイトは格が違う。存在の次元が違う、いいや、と言えばいいかな」

「な……何を……？」

「仮に、この世界を支配する魔術師がいるとしよう。私はそのような質問があれば、こう答えるよ」

一呼吸置くと、リーゼロッテは告げた。

「――氷剣の魔術師が世界を統べる、とね」


彼女は自身の知っている事実を淡々と述べた。

レイ＝ホワイトは七大魔術師の枠に収まる存在ではないと知っていたから。

「な、何だ……と……？」

「まぁでも、彼の本当の能力を知る者はほとんどいないからね。仕方ないよ、エヴァンが知らなくとも」

「リィイイイイ……ゼェエエエエエエ！」

喉がヒューヒューと鳴る。既に虫の息。

エヴァンが死ぬまでもう時間はないだろう。

彼女はそっと近づいてエヴァンの体を優しく抱きしめた。

「もう、おやすみ。エヴァン」

「あ……リィい……ゼェ……お、れ……は……」

エヴァン＝ベルンシュタインはそこで命を終えた。

リーゼロッテに嫉妬し、身を堕とし、魂を売ったというのに、届くことは最後までなかった。

仮に真っ当な魔術師として生きていれば、彼は優秀な魔術師として生きることができただろう。

七大魔術師の地位にたどり着くことはなくとも、安定した人生を送ることができたに違いない。

彼はそんな人生を想像して……絶望した。

そんなものは人生ではないと。

魔術を探究してこそ、頂点に立ってこそ、自分は魔術師として生きることができるのだと。

もはや呪いだった。

エヴァンは真理探究に固執し続け、その末に辿《たど》り着《つ》いたのは何も残らない人生。

後悔をする暇もなく、エヴァンは人生を終えた。

だが彼は確かに、大切なものを一つだけ残して逝《い》った。

リーゼロッテはそっと、彼の目蓋《まぶた》を下ろす。

刹那。

一筋だけ、彼女の金色の双眸《そうぼう》から涙が零《こぼ》れ落《お》ちた。

「ねぇ、エヴァン。私はやっぱりあなたを――」

紡ぐ。

やっと知ることのできた本当の想《おも》いを。

「――愛していいたよ」

◇

「君には、レベッカ＝ブラッドリィを壊して欲しい」

「……どういう意味でしょうか？」

ブルーノ＝ブラッドリィとエヴァン＝ベルンシュタインがいるホテルに向かった夜、俺たちは真実を知った。

真っ黒なロングコートを羽織り、同じように漆黒のロングブーツを履き、純白の肌と金色の瞳。腰まで伸びる雪のように白い髪。

今まで俺たちがエヴァン＝ベルンシュタインと思っていたのは、虚構の魔術師であるリーゼロッテ＝エーデンが成り代わっていた姿らしい。

「夢を見ただろう？　その中に、彼女がいたはずだ」

「どうして、それを？」

「そうだね。ここから先は彼に説明してもらおうかな」

彼女は視線をブルーノ氏に向けた。

すると彼もまた立ち上がり、俺の方へと向かってきた。

「レイ＝ホワイトくん。初めまして。ブラッドリィ家当主のブルーノ＝ブラッドリィだ」

「初めまして」

握手を交わす。

顔はやつれていた。

伸びきった無精髭《ぶしょうひげ》に頬は痩《こ》けている。

隈《くま》もかなり濃く、疲れているのが見て取れた。

「ブラッドリィ家には、ある伝統がある」

彼は淡々と、話を始めた。

「それは？」

「何百年かに一人、特別な人間が生まれる。その人間は一見すれば魔眼《まがん》を有しているように思える」

「ように……とは？」

言外の意味があるのは、間違いなかった。

「しかし、実際はそうではない。魔眼は二次的なものに過ぎない。その根幹にあるのは、真理世界《アーカーシャ》へ接続する魔術領域だ。それを有するものを聖人《クロイツ》と呼ぶ。ブラッドリィという名は、聖人《クロイツ》の力を巡って大量の血を流して争った故に付いたものだ。君なら理解できるだろう？」

「なるほど……そういうことでしたか」

違和感が氷解していく。

「真理世界《アーカーシャ》には世界の記録が残っている。厳密に言えば未来の記録もすでに残っていると言われている。だが、ブラッドリィ家に生まれた聖人《クロイツ》の行く末は、悲惨な末路しかない。例外はない」

どうして虚構の魔術師が、今になって真実を教えてきたのか。

俺は理解してしまった。

「聖人《クロイツ》はいずれ、魔術領域暴走《オーバーヒート》を引き起こし死に至る。私の予想だが、レベッカは二十歳まで保たないだろう。マリアの容姿が真っ白な状態で生まれたのは、聖人《クロイツ》の残滓《ざんし》が残っていたからだと私は思っている。しかし、マリアには今のところその兆候はない。そしてこのことは、ブラッドリィ家の当主しか知らない」

「人為的に魔術領域暴走《オーバーヒート》を引き起こして自分に封印しろと？　真理世界《アーカーシャ》へ接続できる魔術

領域を」

　背筋を伸ばし、じっとブルーノ氏を見つめる。

　確かに彼は疲れが顔に出ている。だが瞳には、まだ確かな力が残っていた。レベッカ先輩のことを、本当に案じているようだ。

「そうだ。そのために、レベッカは辛《つら》い思いをしている。いや、させてしまっている。そしてそれは、今もなお続いている……」

　ブルーノ氏は話を続ける。

「私がレベッカについて悩んでいる時、ちょうど虚構の魔術師である彼女と出会い、ある提案をされた。その提案とは、レベッカを守る代わりに彼女の計画に手を貸すことだった。計画に必要ということで、レベッカを精神的に追い詰めることも許した。ベルンシュタイン家が実はすでに崩壊していることも、その時に全て聞いたよ。それを踏まえた上で、レベッカを近くで守るために、婚約という形を取ることも許可した。それによってレベッカが辛い思いをすると分かっていても……」

　ブルーノ氏の手は微かに震えていた。

「これが危険な賭けであることは、もちろん分かっていた。だがそれでも私は、レベッカのために虚構の魔術師と契約を交わした」

　俺はその話を聞いて、尋ねる。

「では、婚約はあくまで表向きの理由だったと?」

彼は俯《うつむ》いた顔をあげると、ギュッと力強く拳を握りしめる。

「その通りだ」

「なるほど、全て理解しました。どうしてレベッカ先輩を追い込み続けたのかも。魔術領域暴走《オーバーヒート》の発動条件は、過度の魔術の使用。または――」

俺が続きを話そうとすると、虚構が会話に加わる。

「――感情の暴走、だね。まぁ普通程度の魔術師では魔術領域暴走《オーバーヒート》には届かないが、レベッカ＝ブラッドリィは特別だ。今は状態も不安定なようだしね。エヴァンとして、私がレベッカ嬢を追い込み続けたのも効いている。仕上げは、氷剣。君に任せたい。君が引導を渡すといい」

虚構の魔術師である彼女はただ冷静にそう告げると、話は終わったと言わんばかりに、席に戻っていく。

一方で隣にいたブルーノ氏は俺に対して頭を下げたと思いきや、地面に額を擦《こす》り付《つ》ける。

そして、地面に頭をつけて懇願する。

「……私の代で、聖人《クロイツ》が出るとは予想していなかった。今までのブラッドリィ家はそれを受け入れていた。だがッ！　私はッ！　愛するレベッカを失うわけにはいかないッ！　まだレベッカには、明るい未来が待っているのだから」


彼の様子を全員が見つめる。

すると師匠が隣にやって来たが、表情は怒りに満ちていた。

「おい。魔術領域暴走《オーバーヒート》を封印する際、レイにも危険があるのは分かっているのか？」

顔を上げる。

ブルーノ氏は目を逸《そ》らしつつ、最後には師匠の目をじっと見据える。

俺はこれが演技だとは思えなかった。

ただ娘のために、最善を尽くしている父親の姿なのだと思う。

「……もちろんだ」

「そうか。分かっていて、レイにそれを押し付けるのか」

「……そうだ」

覚悟は決まっている。

そんな表情をブルーノ氏はしていた。

そうか。俺のことも、少しは把握しているようだな。

「師匠。ご心配いただきありがとうございます」

「レイ。しかし」

「もう俺はあの時の自分ではありません。それにきっと、ここでレベッカ先輩を諦めてしまえば、俺は前に進むことはできません。やります。俺はレベッカ先輩を助けたい」

「レイ。お前は──いや、もう何も言うまい」

そして次に、アビーさんがやってくると、俺を優しく包み込んでくれる。

「レイ」

「はい」

「お前はもう、自分の意志で進めるんだな」

「はい」

「じゃあ、頑張ってこい」

そっとその体を離すと、目の前には泣き顔のキャロルがいた。

俺はそんな彼女を優しく抱きしめた。

「レイちゃん……」

「大丈夫だよ、キャロル。俺はちゃんと戻ってくるから」

「でも……！　あの時みたいになったら……ッ！」

キャロルは極東戦役の最終戦のことを言っているのだろう。

だが、大丈夫だ。

俺はもう、あの時のように未熟ではない。

しっかりと、仲間と共に成長してきたのだから。

だからきっと成し遂げることができるはずだ。

「さて、と。では詳しい話をしようか。相手の情報も教えよう。それと、それぞれの役割もね」

こうして俺たちは、虚構の魔術師の元で作戦を練ることになる……これがあの夜の出来事。

改めて俺は誓う。

絶対にここで、終わらせるのだと。

レベッカ先輩のためにも——。

◇

微睡《まどろ》みに落ちるように、私の意識は沈んでいく。

その最中、私は記憶を見た。

それはいつものように、彼の記憶。

どうしてレイさんの記憶を見るのか、私にはよく分からない。

でもずっと、彼の記憶を追体験するように目撃してきた。

極東戦役で戦い、多くの死に触れて、嘆き、慟哭《どうこく》し、それでも自分を奮い立たせて彼は進んできた。

そして、この学院にやってきた。

その中には私も出てきた。

自分を客観的に見るのはおかしな感じだが、本当によく笑っていると思う。

思えば、レイさんと出会うまで私はどこか閉塞感を覚えていた気がする。

別に現状に不満があるわけではない。

友達はいるし、園芸部の人たちも優しい。ディーナさんはいつも寄り添ってくれる。

けど私は、やっぱり自分は三大貴族の娘で接するのも貴族の人たちばかり。

他の人たちは、私を敬遠していく。

中でも、マリアとまともに話していないのは応えた。

でもあの子も私のせいで辛い思いをしていると考えると、不必要に触れるわけにはいかなかった。私たちに今必要なのは、離れるという時間なのだから。

「レベッカ先輩。おはようございます」

一礼。

レイさんはとても礼儀正しい人だった。初めて会った時から思っていたけど、彼は年下とは思えないほどに達観している気がした。

彼が作った花壇の前でよくお話をしたのは記憶に新しい。

水やり当番は決まっているのだが、私は実はズルをしていた。

意図的にレイさんと自分の当番を重ねていたのだ。

当時は、ただ興味本位で彼ともっと話がしてみたいと。

一般人《オーディナリー》であり、貴族でもなければ、魔術師の家系でもない彼の存在に興味を持ったのだ。

それから時は巡る。

私はついに、エヴァン＝ベルンシュタインと出会うことになる。そこで彼の目論見《もくろみ》を知り、ブラッドリィ家の真意を知る。

それからの私は頑張っていつも通り振る舞っていたけど、マリアやレイさんにお見通しだってことは分かっていた。

でも、話すことはできなかった。誰かに心配をかけるわけにはいかなかったから。

記憶はさらに巡る。

レイさんはこの王国の裏で行われている出来事を知り、マリアに協力するように持ちかけた。

二人とも、とても苦しそうだった。

私はずっと一人だと思っていた。

でも二人はこんなにも、私のことを想ってくれている。それにお父様も、私のことを思って選択をした。全ては私のために。

全てを知って思ったのは……許せないという感情ではない。

ただただ、安心した。

その全ては杞憂《きゆう》だったのだと。

私のためにしてくれていたことだと。

刹那。

ふと、レイさんの微笑《ほほえ》む姿を思い出す。

彼と過ごした日々が走馬灯のように流れ、過ぎ去っていく。

三大貴族の長女であるにもかかわらず、真正面から私と接してくれた彼の誠実さを思い出す。周りの人が三大貴族ということで距離を置く中、レイさんは側《そば》にいてくれた。

私の心にはいつも、彼の笑顔があった。

ずっと心の支えになっていたんだ。

あぁ――そうか。そうだったのか。

やっと。やっと分かった。

きっとこの感情は——恋と呼ぶのだろう。

◇

「マ、マリア……」

目を覚ます。

どうやら私はマリアの膝で寝ているようだった。彼女は懸命に、魔術を行使していた。

溢れ出る大量の第一質料《プリママテリア》。

チラッと横を見ると、そこではレイさんが大きな体をした男性と闘っていた。

それは死闘というべきだろう。

私程度の魔術師では戦闘のレベルを理解できない。文字通り、次元が違う。

でもそれもそうだろう。

だってレイさんは七大魔術師が一人。

氷剣の魔術師なのだから。

「う……ぐううう……うううううッ⁉」

マリアは懸命に私を守りながら、防御障壁を張っている。決して魔術は上手《うま》くはない。

あの二人が撒《ま》き散らす第一質料《プリママテリア》の片鱗《へんりん》をかろうじて、防ぐことができる程度。

おそらくもっと距離が近ければ、すでにマリアは倒れているだろう。

それでも歯を食いしばって、汗を流して、懸命に魔術を使っている。

そんなマリアの姿を見て思う。

あぁ。本当に成長したんだなと。

だからお姉ちゃんである私がすることは、それを助けてあげることだ。

「……マリア。よく頑張ったね」

私はコードを走らせてマリアの魔術に自分のコードを組み合わせる。

より強固な障壁を生み出す。

これなら、マリアもずっと魔術を発動していなくても良い。

「お姉ちゃん⁉　無理しちゃダメだよ！」

魔術の介入で気がついたのか、マリアは真剣な声で私に怒鳴ってくる。

「ははは……マリアも、そんな声が出るのね……」

「ばかッ！　安静にしてないと、ダメでしょ！　まだ絶対に無事とは限らないんだからッ！」

「ねぇ……マリア」

そっと頬に手を添える。

私が感情的になってぶってしまったことで、真っ赤に腫れ上がっていた。体もたくさん殴ってしまった。髪も引っ張ってしまった。

ボロボロだった。

マリアはそんな姿でも美しいと、私は思ってしまう。

「ごめんね……ずっと、ずっと……ごめんね」

「────ッ！」

マリアの顔が強張《こわば》って、さらに怒声をあげる。

「いまさら！　いまさらそんなことを言わないで!!　私だって、お姉ちゃんに謝りたいことが一杯あるッ！　私のために頑張ってくれていたのも、知っているッ！　だから、そんな風に謝らないでッ！」

「……マリア」

肩を上下させ、マリアは言った。

あの時の喧嘩《けんか》は私たち姉妹の初めての喧嘩だった。

姉妹で喧嘩なんてするわけがないと思っていた。

だって私もマリアもずっと本心を隠し続けていたから。

心にずっとため込んでいたから。

分かってる。

あれは私の感情を煽《あお》るためでもあったけど、本心であったと。

だから私はマリアにごめんと言ってしまった。

けど、マリアは私が思っているよりもずっと、ずっと、強くなっていた。

言うべき言葉は謝罪ではない。

私は震える喉を懸命に動かしてこう言った。

「……マリア。今までずっと、ありがとう。お姉ちゃんはね、マリアのことが大好きだよ」

言えた。

やっと言うことができた。

ずっと伝えたかった。

幼い頃は簡単に言えたのに、どうして年を重ねるごとにその言葉から離れていってしまうのだろう。

やっぱり私は愚か者だ。

けど、やっと言うことができた。

あぁ。私の可愛《かわい》いマリア。

誰よりも可愛いマリア。

やっぱりあなたはとても綺麗《きれい》で美しい。

世界で一番、愛しているよ。

「そんな……私だって！　私だってッ！」

互いに涙を零す。

溢れ出る涙はもう止《とど》まることを知らない。

「お姉ちゃんのことがずっとずっと大好きだったたッ！　昔からずっと、変わるわけがないッ！」

抱きしめる。

体を起こして、マリアの体に触れる。

あぁ。マリアはこんなにも大きくなったのかと、感慨深い気持ちに浸る。

私たち姉妹はよく似ている。

本当に、どうしようもないくらいによく似ている。

見た目は確かにかけ離れている。でも私たちはやっぱり姉妹だ。

心の在り方が、よく似ているのだ。

「マリア……ありがとう。今までずっと、ありがとう。私のことを応援してくれていて、ありがとう。生まれてきてくれて、ありがとう。」

「ばっか。バカだよ、お姉ちゃんは。私だって……ぐす……同じに決まってるのに……」

「そうね……ずっと、ずっとすれ違ってきた。でもこれからはちゃんと話し合いましょう。二人でちゃんと、ね……」

「うん……」

頭を撫《な》でる。

体は大きくなったけど、やっぱりマリアは小さな可愛い妹だ。

よしよしと、優しく頭を撫でるのも本当に久しぶりだった。

「お姉ちゃん……」

「どうしたの……？」

「お姉ちゃんの気持ちが分かっていて、あんなことしてごめんなさい……」

「……」

分かってる。

だって私たちは姉妹だから。

マリアがどうしてあんなことをして、私があんなにも動揺したのか分かっている。

私がレイさんに恋をしていることをマリアは見抜いていたのだ。だから嫉妬して、マリアに手を出してしまった。

あぁ。本当に私ってバカだなぁ……。

「良《い》いのよ、マリア。私だって悪かったから」

「……お姉ちゃんッ！」

改めて、ギュッと互いの体を抱きしめて、その体温に触れ合う。

「マリア」

「うん」

「レイさんは氷剣の魔術師だったのね」

「うん……そうだよ。レイはね、ずっと頑張ってくれてた。お姉ちゃんのために」

「……うん。知ってる」

二人で見つめる。

懸命に血を流しながら闘っている彼の姿を。

それはもう幾度となく見た姿だった。

今の彼は昔と違って危うさはない。

そんな気がした。

巧みに氷剣を操って相手と対峙《たいじ》するその姿は純粋に綺麗だと思ってしまう。

レイさんはやはり特別な人だった。

いや、違う。その言い方は正しくない。

彼は私にとって特別な人だった。

それだけだ。

「レイさん……」

マリアの手をぎゅっと握ると、私たち姉妹はその戦いの行く末を見守る。

もう私たち姉妹を、分かつものなど……ありはしなかった——。

◇

「おらあああああああッ！」

「…………」

屋上で戦闘を繰り広げる。

俺は両手に氷剣を握り、相手は素手でそれに対抗してくる。

微かな月明かりの元で戦う。

今は光に頼って戦闘はしていない。

すでに絶対不可侵領域《アンチマテリアルフィールド》を展開しているからだ。

「オラオラ、どうしたああああああッ⁉　あぁ⁉」

「くッ」

絶対不可侵領域《アンチマテリアルフィールド》を展開してはいるが、この相手には還元領域は通用しない。

還元領域は、まずは減速《ディセラレーション》で物質または現象の速度を低下させ、そこから固定して一気に対物質《アンチマテリアル》コードを活性化。

完全に全ての物質と現象を還元する領域だ。

しかしそれは、全ての魔術に適用できるわけではない。

特に暴食《バラトロゴ》相手では。

「……質料領域《マテリアフィールド》の質が、桁違い過ぎるな」

ボソリと声を漏らす。

そう。俺の還元領域が通用しない理由は相手の質料領域《マテリアフィールド》があまりにも分厚いという一点に尽きる。

質料領域《マテリアフィールド》とは、第一質料《プリママテリア》で覆われた領域。

人間に対して薄い膜が覆うようにして存在するものだ。魔術を直接人体に作用させるのが難しいのは質料領域《マテリアフィールド》があるからだ。

上位の魔術師になれば、それを自由自在に操ることができる。防御壁のように厚く覆うことも。

暴食《パラトロゴ》は超近接距離《クロスレンジ》での打撃戦を得意としている。そのため、身体《からだ》に第一質料《プリママテリア》を分厚く覆い防御手段に用いている。

対物質《アンチマテリアル》コードで還元すること自体は不可能ではない。

だが、あくまで還元できるのは、表層のみ。全力で還元してもいいのだが、それだと知覚領域のリソースが足りなくなる。今できることは、できるだけ知覚領域を広げることだけだった。

「こんなもんか！　氷剣よぉおおおおおおおおおッ⁉」

圧倒的なのは、巨軀《きょく》から繰り出される異常な速度を兼ね備えた重量のある攻撃。

対抗するために、絶対不可侵領域《アンチマテリアルフィールド》の知覚領域で補完しながら俺はこの氷剣を振るい続けている。

「脆《もろ》い、脆い、脆いぜえええええええッ‼」

すでに氷剣は両手だけではなく、空中にも展開して全てを相手に向けている。しかしそれは、着弾する直前に破壊されてしまう。

パラパラと舞う氷の欠けらを媒介として、さらなる氷剣を生み出し続ける。

重要なのは、物量ではない。質だ。

改めて、氷剣の構成をコードで再定義する。

「──氷千剣戟《アイシクルブレイズ》」

両手に持つ氷剣だけは特に強度を上げる。

今までは相手の拳と脚に当たるたびに砕けていた氷剣。

だがついに、氷剣は砕けることなく相手の攻撃を弾《はじ》く程度にはなってきていた。

「ハハハハハハ！　ここにきて、再調整できるのかよッ！　流石《さすが》だなぁッ！」

相手の動きを見据える。

フェイントを織り交ぜながら、繰り出される拳。

拳を防いだ瞬間には、右側から脚が飛んでくる。俺は、縦横無尽の攻撃を防ぐだけで今は精一杯だった。

「氷剣。その程度か？」

「御託はいい。本気でかかってこい」

「ハハハハハ⁉　思い切ったことを言うなぁ！　おい！　ハハハハハハハ！　さて、本気で行くぜ。がっかりさせるなよ？」

刹那。

暴食の周囲《パラトロゴ》の第一質料《プリママテリア》が収束する。

鬼化《オーガ》のさらに上の魔術。身体強化の極地である固有魔術《オリジン》——悪鬼羅刹《オグロネリア》。

四肢だけが紫黒に染まっていき完全に変色する。

相手がニヤリと笑った瞬間——姿が忽然《こつぜん》と消えた。

すでに音などは置き去りにしていた。

「おっと。これはついてこれるのか」

後ろを見ることなく氷剣で受け止める拳。

俺の氷剣もまたかなり強度を上げている。にもかかわらず、一発の拳を受け止めただけで、氷剣は砕け散ってしまう。

「一撃で死ぬなよ？」

知覚領域を使用して、相手の位置を捕捉し続ける。

視覚に頼っていては確実に遅れる。

「……グッ！」

ついに一発、相手の攻撃をもらってしまう。

相手の位置は捕捉できている。

しかし、身体がついてこない。

この速度に、自分の体が反応してこない。

そこから先は、一方的だった。

ただ俺は防御するのに精一杯だった。

急所を外し、一撃で殺されないように戦うことで手一杯。

四肢から繰り出される攻撃を完全に防ぐ術《すべ》を、今の俺は持ち合わせていない。

縦横無尽に繰り出される攻撃を凌《しの》ぐしかなかった。

「う……ごほっ……はぁ……はぁ」

内臓をやられたのか、吐血する。

肋骨《ろっこつ》も折られてしまい、それに右腕と左脚も骨折している箇所がある。

満身創痍《そうい》。

いくら氷剣があろうとも、相手に当てることができるだけの技量がなければ意味がない。

「もう終わりか？」

「…………」

黙って、暴食《パラトロゴ》を見つめる。

その顔は失望したと言っているようなものだった。

「ふう……氷剣と言っても、ガキだとこの程度か。さて、お前の魔術領域も喰《く》わせてもらうぜ。極上なのに変わりはないからな」

「…………」

俺はついに、目を閉じた。

その時に聞こえてきたのは、レベッカ先輩とマリアの声だった。

「レイさん！　逃げて！」

「レイッ！　もういいわよッ！　逃げてッ！」

悲痛な叫び。

この場にある第一質料《プリママテリア》濃度は限りなく濃い。それこそ並の魔術師では卒倒してしまうほどに。

二人はその中で、自分ではなく俺の心配をしてくれている。

きっと二人だって早く逃げたいだろうに、自分を奮い立たせて懸命に声をかけてくれる。

大丈夫だ。二人とも。

俺が負けることは、絶対にない。

「諦めた、か」

暴食《パラトロゴ》は俺が諦めたと思っているのだろう。

自分の頭の上に分厚い手が迫って来ているのが感覚で分かる。

しかし、その手は急に止まる。

「テ、テメェ……何をしやがった？　いやこれは……まさか」

ゆっくりと目を開ける。

全ての準備は整った。

着々と積み上げてきたコード。

俺は戦闘が始まった瞬間から、魔術領域の殆《ほとん》どを使い緻密なコードを組み立てていたのだ。

まさに、肉を切らせて骨を断つ。

そして俺はコードを一気に走らせる。

《第一質料《プリママテリア》＝エンコーディング＝物資《マテリアル》コード》
《物資《マテリアル》コード＝ディコーディング》
《物質《マテリアル》コード＝プロセシング＝減速《ディセラレーション》＝固定《ロック》＝還元《レストレーション》＝圧縮《コンプレッション》》
《エンボディメント＝魔術圧縮《ピクノグラム》＝物質《マテリアル》》

「――赫氷封印《パンドラ》」

刹那。

真紅に染まる緋色《ひいろ》の氷《こおり》が世界に顕現した。

顕現するのは赤く染まる氷剣。

それらが地面から生成されると、相手に集まるようにして三百六十度全ての角度から迫る。

量は決して多くはない。せいぜい、二十本程度。先ほどまでの氷剣ならば、軽くあしらわれてしまうだろう。

しかし――。

「ぐ……ごほッ……！」

鮮血。

鮮やかな血液が宙に舞う。

なんとか防御はしているみたいだが、もはやそれはないに等しい。この魔術の前では、全てが無意味になってしまうのだから。

プロセスの過程に圧縮を加え、魔術を可能な限り小さくした。

今回圧縮したのは、本来は大規模連鎖魔術《エクステンシブチェイン》に匹敵する膨大なコード。

それを圧縮し、魔術圧縮《ピクノグラム》という新しい種類の魔術によって顕現したのが、この赫氷封印《パンドラ》。

ただの氷剣ではなく、分厚い質料領域《マテリアフィールド》すら難なく貫通する絶対不可避の氷剣。

赫氷封印《パンドラ》で生成した氷で暴食《パラトロゴ》の体を徐々に包み込んでいく。

赫氷封印《パンドラ》の真価は、質料領域《マテリアフィールド》を貫通させることではない。貫通した先にある魔術領域に直接作用させて、相手の魔術領域を完全に停止させることである。

近寄る。

右手には一本の赤く染まった氷剣。

俺の血液を媒介として生まれた氷剣は、どんな防御も通用しない。

「終わりだ。暴食《パラトロゴ》」

相手の喉元に真紅の氷剣を突きつける。

「ハハハハハ！　そうだったのか！　あぁ……分かったぜ……お前がどういう存在なのかなぁ……！」

決着はついている。

数分も経過すれば、暴食《パラトロゴ》は赫氷封印《パンドラ》に飲み込まれてしまう。

抵抗しているようだが、魔術領域は完全に停止させている。今は最後の残っている力で抵抗しているのだろう。

殺すつもりはない。こいつには、然《しか》るべき罰を受けてもらう。

「氷剣、お前は最高だなぁ！　ハハハハハハ！　これは確かに、先代の氷剣が敵《かな》うわけもねぇか！　ハハハハハハ！」

「………………」

嗤《わら》う。

不快な声は夜空にまで響き渡っているようだった。

「お前がどんな道をこれから歩んでいくのか――」

「…………」

「楽しみにしてるぜ？」

依然として嗤ったまま暴食《パラトロゴ》は完全に凍りついた。

終わった。

自分の手を見つめる。

真紅の氷剣はパラパラと第一質料《プリママテリア》へと戻っていく。

「……そうか。そういうことだったのか」

見上げる。

ちょうど雲が流れていき、空には満月が現れる。

月明かりが屋上を照らしつける。

前のように意識を手放すことはなかった。

どこまでも思考はクリアだ。

魔術領域も正常。いつものように抑え込むことができた。

思っていた。この学院にきてから妙に魔術領域暴走《オーバーヒート》の治りが早いと。グレイ教諭と戦い、死神《グリムリーパー》と戦い、暴食《パラトロゴ》と戦い、普通ならば魔術領域暴走《オーバーヒート》が悪化していてもおかしくはない。

だが俺は逆に良くなってきている。

限りなく、あの極東戦役の最終戦の状態に近づいている。

おそらくそれはレベッカ先輩の力と共鳴しているからなのだろう。聖人《クロイツ》である彼女は俺と意識を共有していたが、意識だけではない。

魔術領域もまたある程度は共有されていた。

ある種の巨大なネットワークに接続されている感覚だろうか。

他の人の力を借りているからこそ、俺は正常な状態に戻りつつあった。

「レイ……」

「レイさん……」

隅でじっとしていたレベッカ先輩とマリアの元に向かう。レベッカ先輩は意識を取り戻したようだ。

今はマリアの膝に頭を載せて、じっと俺のことを見つめてくる。

「あなたは、氷剣の魔術師だったのですね……」

「はい。今まで隠していて、申し訳ありませんでした」

膝をつくと、先輩の顔を覗《のぞ》き込《こ》む。

まだ、体内時間固定《クロノスロック》をしてから時間はそれほど経《た》っていない。状態は悪くないが、まだ痛みはあるだろう。

先輩は弱々しい声で話を続ける。

「そんなに血塗《ちまみ》れになって……頑張りすぎです……」

「止血は終わっていますので。派手に見えるだけです」

「大丈夫なのですか……？」

「はい。問題はありません」

するると先輩は俺の頭に手を伸ばしてきて優しく撫でてくれる。

「ありがとう。今までずっと辛かったでしょう……私のために……」

「そんな。自分は……」

「マリアもありがとう。二人とも、本当にありがとう」

姉妹の瞳から涙が零れ落ちていた。

でもこれはもう悲しみの涙ではない。

俺たちには、確かな未来《あした》が待っているのだから。

エピローグ1　素晴らしき人生を巡るように

「レイ。元気か？」

「師匠」

一応念のために入院した俺はベッドで読書をしていた。入院といっても、明日には退院する予定だ。

聞いた話だが文化祭は後夜祭も無事に行われ、今年も無事に終了したようだった。

今日はカーラさんはおらず、一人でやってきた師匠。

顔はいつものように凛《りん》としていた。

「自分は大丈夫です。お伝えしたと思いますが」

「ま、一応顔だけは見ておこうと思ってな」

「……その後、どうなりましたか？」

暴食《バラトロゴ》は殺してはいない。生かした上で、捕らえてある。

だが、本物のベルンシュタイン氏は……。

「エヴァン＝ベルンシュタインは、虚構が殺した」

「そう、ですか」

「あの二人の因縁は詳しくは知らない。だが、リーゼは淡々と語っていたよ」

「……今回の件、これで良かったのでしょうか」

「これぱかりは、私たちにはどうすることもできない」

「……そうですよね」

王国の裏で起きていた出来事。

それは全て、エヴァン＝ベルンシュタインとリーゼロッテ＝エーデンを中心に起きていたものだった。

師匠たちは、俺が戦っている間に、エヴァン氏が送り出してきた優生機関《ユーゼニクス》の刺客と戦っており、それも無事に収束。

全ては虚構の魔術師のシナリオ通りに決着した。

「では、私はこれで失礼する。魔術領域の件も大丈夫みたいだしな」

「はい。師匠、また近いうちに」

「あぁ」

軽く手を振ると、師匠は去っていった。

しばらくして病室のドアが丁寧にノックされる。

「どうぞ」

「失礼するよ」

あの夜見たものと同じ姿。

真っ黒なロングコートにロングブーツ。

それに、純白の長髪と長い睫毛《まつげ》。

髪を微《かす》かに靡《なび》かせながらやってきたのは——虚構の魔術師である、リーゼロッテ＝エーデン。

金色の双眸《そうぼう》で俺のことをじっと射貫《いぬ》いてくる。

彼女は側《そば》にある椅子に腰掛けると、ニコリと人の好《よ》さそうな笑みを浮かべる。

「体調はどうかな？」

「明日には退院できるかと」

「そうか。それはよかった」

暫《しば》しの沈黙。

俺は静寂を切り裂くようにして、先ほど師匠に聞いたことを尋ねてみた。

「ベルンシュタイン氏は……」

「殺したよ。彼はもう手遅れだった。魔術領域は侵食されきっていたからね。せめてもの手向《たむ》けだ。私が終わらせたよ」

「今回の件。あなたのシナリオだったのは理解しています。しかし、これで良かったのですか？」

「あぁ。そのことか」

あの夜、去り際に聞いていた。

彼女は十年もの間、エヴァン＝ベルンシュタインを待っていたのだと。

だからベルンシュタイン氏は自分に任せて欲しいと言ったのだ。

その時にはもう殺す覚悟はしていたのだろう。

「エヴァンとは、そうだね。恋人だった。けど、私には愛というものが分からなかった。それを求めていたから、彼と恋人になった。そしていなくなってしまった彼を待ち続けた。もう一度エヴァンに会えば、自分のこの感情が分かるかもしれないと期待して」

彼女はそっと胸に手を当てる。

「でも、エヴァンが死んで分かったよ。やっぱり私は彼を愛していたのだと」

「そう、ですか……」

「皮肉なものだよ。死んでからこうして自覚するなんて。私は本当にどうしようもない人間だ」

作り物のような綺麗《きれい》な顔で語る彼女は、どこか寂しそうだった。

「しかし、エヴァンが異常なまでに私に固執しておかしくなってしまったのは、彼の弱さだ」

「弱さゆえに、力を求めてしまったと？」

「そうだ。私や君は持っている側の人間だ。相手の気持ちは想像できても、永遠に分かりはしない」

「…………」

確かにそうだ。

気持ちは想像はできる。

だが決して、人の気持ちを完全に理解できることはない。

「私はね。思うんだ」

今度は優しい声音で彼女は話を続ける。

「何をですか？」

「他人を理解した、と思うのは人間の傲慢ではないかと……ね。暴力と言ってもいい」

「一理あるとは思います」

「他者は理解できないからこそ、他者たり得るのだと。私は今まで生きてきてそう思ったよ。今回の件でそれがよく分かった。私たちは結局、想像することしかできない」

「そうですね」

リーゼロッテ＝エーデン。

虚構の魔術師は、噂《うわさ》ではなんの感情もなく、まるで人形のような人物だと聞いていた。

確かにその印象はある。

精巧な顔と純白の髪に金色の双眸。

淡々と話す姿はそう思われても仕方がない。

だが、俺には葛藤を持って生きている、人間らしい人だとも思えた。

「レイ＝ホワイト。君がどのような未来へ進むのか。それは自分にしか決めることはできない。人は結局、自分の決めたことにしか従えないのだから」

「はい」

「君は私のようにならないでくれ。しかし、それは杞憂《きゆう》だろう。君の周囲には、素晴らしい人間が多いからね。リディア先輩もいることだし」

「そうですね。自分はとても恵まれていると思います」

彼女は俺の手元にある本をじっと見つめる。

「それ。読んでいたのかい？」

「はい。恋愛小説はこの作者のものが好きで」

ルナ＝エテル。

有名な小説家だ。もともとはアビーさんに教えてもらったのだが、登場人物の感情が丁寧に描写されていて好きな作家の一人だ。

世界的にも大ベストセラーになった恋愛小説を、俺は擦り切れるほど読み込んでいた。

「それは嬉《うれ》しいね」

「嬉しい……？　それはどういう？」

「作者は私だよ」

「……え」

きっと今の俺は間抜けな顔をしているだろう。

「ははは！　君もそんな顔をするんだね！」

高らかに笑う。

だってそうだ。まさか、作者が目の前にいるなんて夢にも思わないだろう。

「人にはいろんな顔がある。私の物語には私の想像した顔が描かれている。人は良くも悪くも、顔を使い分けているからね。私はそれを小説で表現したかったんだ」

コートの内側に手を伸ばすと、胸元からペンを取り出す。

「サインしてくれるんですか？」

「あぁ。滅多にすることはないが、特別にね」

俺の名前付きでサインを書いてくれた。

本を渡してくるとさらに言葉を紡ぐ。

その言葉は、まるで自分自身に言い聞かせているようでもあった。

「人々は虚構に魅せられている。そして、在りもしない幻想に囚《とら》われている。でも、それが人を人たらしめる要因にもなり得ると私は思う。私は、物語を書くことで自分の世界を広げている。そして、世界中の人々と同じ虚構に魅入られることで自己を確立している。存在証明、とでも言うべきかな？」

人々は虚構に魅せられている、か。

それは確かにその通りだ。

人は見えないものに意味を見出《みいだ》す。

分からないからこそ、知りたいからこそ、虚構を信じて生きていくのだ。

たとえ本物ではないと分かっていても、人は虚構に魅入られる。

人は共同幻想と共に生きている。

そうすることで自己を認識する。

分からない話ではない。

俺も同じように葛藤してきた人間だから。

その気持ちは確かに共感できるものだった。

「……すごいですね」

「いや。そんな大したものじゃない。ただ手探りで、この人生に抗《あらが》っているだけの一人の矮小《わいしょう》な人間に過ぎないさ。ま、所詮は年寄りの戯言《たわごと》。聞き流してくれてもいい」

「いえ。依然として若いままでお綺麗かと。それにとても勉強になりました」

「ははは、言うじゃないか。年甲斐《としがい》もなく、照れてしまうね」

大袈裟《おおげさ》に表現するが頬は全く染まってはいないし、表情も真顔に近いままだった。

やはりこのようなところを見ると、どこか浮世離れしているように思える。

彼女は立ち上がると、踵《きびす》を返す。

「冰剣……いや、レイ＝ホワイト。君の人生も、私の描く物語のように希望と光に満たされるといいね。そう、願っているよ」

去り際。

少しだけ間を置くと最後にとても美しい、綺麗な笑顔でこう告げた。

「――良き人生を」
人形でもなければ、機械でもない。
リーゼロッテ＝エーデン。
虚構の魔術師である彼女は、確かに人間らしいと俺は思った。
それはこの笑顔が如実に物語っている。
「はい。ありがとうございます」
俺が頭を下げると、彼女は悠然と歩みを進める。
雪のように真っ白な髪を揺らしながら、この部屋を後にした。
窓越しに空を見上げる。
夏とは違う秋特有の澄んだ空。
もうすぐ冬が近づいてくる。
季節が巡るように、俺たちの人生もまた巡っていくのだろう。
そんな風に俺は思った――。

翌日。

俺は無事に退院した。入院といっても泊まりで検査をするだけなので、それほど時間は取られなかった。

現在向かっているのはブラッドリィ家だ。ブルーノ氏に招かれて今日はこの屋敷《やしき》にやってきた。

現在の時刻は二十時半。すでに日は完全に暮れている。

屋敷の扉をノックすると、ゆっくりと開く。

「レイ＝ホワイトです」

「お待ちしておりました。どうぞ、こちらへ」

メイドの方の案内である一室に通される。

「失礼します」

丁寧に一礼をすると、室内に入っていく。

そこにいたのはブルーノ＝ブラッドリィ氏。数日前会った時は、無精髭《ぶしょうひげ》もあってやつれていたが、今日はしっかりと身なりを整えている。

髭を剃《そ》り、やつれた頬も幾分かましになっている。

「こんばんは。レイ＝ホワイトくん」

「ブルーノさん。その節はどうも」

「まずはかけてほしい」

「はい。失礼します」

そして彼はすぐに頭を下げた。膝につきそうなほどに深く。

「この度は……本当に申し訳なかった」

「頭を上げてください。自分は、為すべきことを為しただけです」

「感謝する。本当に」

改めて、ブルーノさんは頭を下げた。

俺はそれを受け入れる。

「さて。謝礼だが……なんでも言ってほしい。最善を尽くそう」

「いえ。自分はそのために先輩を救ったわけではないですから」

「しかし……」

「いいのです。あなたも娘のために最善を尽くし、自分も敬愛する先輩のために最善を尽くした。その事実だけがあれば自分は十分です。何も必要はありません」

「立派だな。君は」

ブルーノさんは、ふっと微かに微笑《ほほえ》んだ。

とても優しい笑みだった。

「それとレベッカの件だが、今はおかげさまで異常もないようで退院している。家にいるが、会っていくかい？」

「いいのですか？」

「あぁ。娘もそれを望んでいるだろう」

俺は気になったことを尋ねてみることにした。

「婚約の件はどうするのですか？」

「卒業と同時にでも破棄するさ。色々と理由をつけて。もともとは、虚構の案だったからね。私としては心苦しい選択だったが、今となっては致し方あるまい」

「そうですね」

「さて。年寄りの話はこれまでだ。娘の部屋にはメイドに案内させよう」

「分かりました。失礼します」

立ち上がり、部屋を去ろうとするとブルーノさんは最後に何かを言おうとした。

「レイ＝ホワイトくん。もし君が良ければ——いや、これは当人たちの選択に任せるべきか。何でもない。またいつか、君と会えることを楽しみにしているよ」

「はい。それでは、またいずれ。失礼します」

再び丁寧に一礼をすると、ドアの前に立っていたメイドの方に案内されて先輩の部屋へと向かう。

「こちらになります」

「ありがとうございます」

部屋に案内されノックをしようかと思っていると、中からはレベッカ先輩とマリアの声が聞こえて来た。

「だーかーらー！　こっちの方がいいって言ってるでしょ⁉」

「マリアはいつも身勝手！　私はこっちがいいの！」

「自分から聞いてきたくせに！　じゃあ聞かなきゃいいじゃん！」

「他人の意見は大事です。でも、マリアとは感性が合いません！」

「あっそ！」

バンッと扉が開くと、マリアは呆然《ぼうぜん》とした顔で俺を見つめる。

「あ……そっか。レイ、来てたんだね」

「あぁ。喧嘩《けんか》か？」

「それがさぁ～。聞いてよ！　お姉ちゃんが何か服装について意見を聞きたいって言うから、意見したらさぁ～。なんか逆ギレしてさぁ～」

「ちょっとマリア！　レイさんにおかしなことを言わないでください！」

二人の関係は変わった。

もちろん良《い》い方向に。

先輩とマリアは本音で話せるようになったみたいだ。

この二人に関しては喧嘩するほど仲がいいと解釈していいだろう。

「じゃ、私はこれで失礼するね。あ、お姉ちゃん」

「な、何？」

「私はお邪魔だから、失礼するね」

「もう！　からかわないで！」

飄々《ひょうひょう》とした様子で手をぷらぷらと振りながら去っていくマリア。

先輩は上目遣いで俺のことをじっと見つめてくる。

「あ……その。入りますか？」

「はい。失礼します」

室内に入り椅子に座る。

改めて先輩と向かい合う。

「その、今回の件ですが」

「はい」

「本当にありがとうございました」

深く丁寧に頭を下げる先輩。

感謝されるのは嬉しい。

だが俺は先輩のためとはいえ、心を傷つけてしまった。

だから素直に感謝を受け取ることはできなかった。

「いえ。自分は先輩を傷つけてしまったので……」

「必要なことだったのでしょう？　父から全て聞きました」

「それでも、傷つけたのは事実です」

申し訳ない気持ちでいっぱいだった俺がそう言うと、先輩は逆にこう言ってきた。

「じゃあ、責任……とってくれますか？」

上目遣いで顔を微かに赤く染めながら。

どこか妖艶というか、今まで見たことのないレベッカ先輩だった。

「責任でしょうか」

「はい」

「一体、何をすれば？」

「そうですね。今から学院に行きませんか？」

「今からですか。しかし、もうかなり暗くなっていると思いますが」

「だからこそですよ」

先輩の提案を受け入れ、俺たちはさっそく学院に向かう。

時刻は二十一時前で日は完全に落ちている。

学院へのびる坂を二人で登りながら、文化祭での思い出を語る。

先輩は嬉しそうに色々と話してくれた。

中でもミスコンのことは今でも怒っているらしい。

きっとセラ先輩はレベッカ先輩に怒られてしまうのだろうが、それもまたいい変化なのだろう。

たどり着いた学院。

校庭には後夜祭の痕跡は何も残ってはいなかった。

心残りがあるとすれば、後夜祭に出ることができなかったことだろう。

そんな風に思っていると、先輩が手を差し出してくる。

「先輩？」

「後夜祭。出ることはできませんでしたね」

「はい。残念です」

「だから今ここで、二人きりで後夜祭をしましょう」

ニコリと微笑む。

月明かりに照らされている先輩はやはりいつものように麗しい。

「具体的には何を？」

「踊りましょう」

「ダンスですか」

「はい。できますか？」

「そうですね。人並みには」

「それは良かったです。ではお手を」

「はい」

先輩の手を取る。

薄くて柔らかい手をしっかりと握る。

二人で何の音楽もなく火の光もない校庭でダンスを踊る。

そこにあるのは、いつものように綺麗な月明かりだけ。

ステップを合わせながら先輩の手を取って、クルクルと回り続ける。

「レイさん」

「何でしょうか」

踊っている最中にレベッカ先輩が話しかけてくる。

「あなたはやっぱりとても不思議で……そして、誰よりも優しい人ですね」

「そうでしょうか？」

「はい。それに、氷剣の魔術師だったのは本当に驚きました」

「そうですね。無理もないかと」

「その。もしもの話ですが——」

先輩は少しだけ顔を俯《うつむ》かせるがすぐに顔を上げる。瞳は少しだけ潤んでいていつもよりも大人びているように見えた。


「また、私に何かあれば助けてくれますか？」

彼女の瞳は何かを求めているようだった。

もちろん答えは決まっている。

「もちろんです。先輩は自分にとって尊敬すべき素晴らしき人ですから」

「あぁ。やっぱり好き。本当に大好き……」

ギュッと胸を押さえながら下を向いて、ボソッと何かを言ったみたいだが、よく聞こえなかったので聞き返す。

「すみません。今、何と?」

「何でもないですっ! さ、もっと踊りましょう!」

「うわっ!」

先輩にリードされて俺たちは回り続ける。

この月明かりのもとでくるくると。

世界は回り続ける。

俺たちもまた、回り続ける。

——この素晴らしき人生を巡るように。

エピローグ2　暗躍と新しい日々

優生機関《ユーゼニクス》の本部。

そこには七人の人間が集まる。

そしてリーダー格と思われる長髪の男性が円卓に着くと、話を始める。

「どうやらモルスは失敗したようだ。レベッカ＝ブラッドリィを回収することも、暴食《パラトロゴ》がレイ＝ホワイトに敵《かな》うこともなかった」

失敗に終わったと言うのに、彼は淡々と事実を述べるだけだった。

まるでもとから今回の結末に興味がなかったかのように。

「もとより、期待している人間などこの中にはいなかったでしょう？　むしろ冰剣と虚構のデータを取るのが目的だったのでは？　それに冰剣の覚醒を促すのも」

眼鏡をかけて利発そうな男性がそう声を上げる。

「その通りだ。モルス程度にどうにかできる存在ではない。虚構が絡んできた時点で私は彼に期待などしていなかったよ。ただの妄執でどうにかできるほど、七大魔術師は容易な存在ではない。それに多少なりとも、冰剣の覚醒を促すことはできた。彼の覚醒は真理世界《アーカーシャ》にたどり着くには欠かせないからな」

そう。

あくまで表面上ではモルスに期待しているような言葉をかけていたが、優生機関《ユーゼニクス》の上層部は彼に期待など全くしていなかった。

もとより、まだ大きく動く段階には至っていない。

だが実験的に利用してみるのも面白いかもしれない。そう思って、モルスは動かされていたのだ。

「ふ〜ん。ま、アタシはどうでもいいけどね〜。あんな雑魚《ざこ》にもとから期待なんてしてないし」

若い女性が会話に入ってくる。どうやら彼女もまたモルスのことは雑魚程度にしか考えていなかったようだ。

「ふむ。しかし、貴重なデータが取れた。氷剣はもとより、虚構は滅多に姿を現さない。モルスには個人的な因縁があったようだが、うまく利用できたようだ」

「ええ。虚構の魔術師は謎が多かったですが、戦闘データは残っています。ただし相手も分かっているのか、本質までは見せてはくれませんでしたが」

眼鏡をかけた男性の言葉に対して、リーダーである男は少しだけ思案する。

「流石《さすが》に虚構も簡単な相手ではない。そもそも、現在の七大魔術師は今までの周期の中でもかなりの逸材揃《ぞろ》いだ。やはりそれは、レイ＝ホワイトを起点にして起こっている」

レイが学院に入ったことで起こった数々の出来事。

決してそれは偶然起きたものではない。

優生機関《ユーゼニクス》の介入もあるが、アメリアの覚醒やレベッカの覚醒はレイの影響もある。彼の力は周囲に影響を与えるのかもしれない。

優生機関《ユーゼニクス》の上層部たちはそう考えていた。

現在、もっとも真理世界《アーカーシャ》に近いと言っても過言ではない存在。

万全を期す為《ため》に優生機関《ユーゼニクス》が慎重になるのは無理もなかった。

「ともかく、今後も水面下で実験を進めつつレイ＝ホワイトを監視する。本格的に動くのはまだ先だ。いいな？」

「御意」

会議が終了すると全員が部屋を後にしていく。

一見すれば全てが無事に終わったかのように見える今回の騒動。

しかし、確実に魔の手は迫りつつあった——。

◇

「あ。レベッカ先輩。おはようございます」

ペコリと頭を下げるアメリア。彼女は今日は日直のため、早めに登校していた。そんな時、ばったりとレベッカはレイが入部する際に作った花壇で花に水やりをしていた。レベッカと出会う。

「アメリアさん。おはようございます」

──相変わらず、綺麗《きれい》な人だわ。

朝日に照らされるレベッカを見て、アメリアは純粋にそう思った。

「今日は水やり当番でして。朝からお花に水をあげているのです」

「そうでしたか」

「はい。レイさんが作ってくれた花壇ですよ」

「へぇ。レイってば、何でもできますよね」

「ふふ。そうですね。彼ってば──」

と、レベッカはレイとの思い出をアメリアに語り始めた。

するとアメリアの顔は徐々に歪《ゆが》んでくる。

「へ、へぇ〜。前から思っていましたけど、仲がいいんですねぇ〜」

「そんなことは。アメリアさんには敵いませんよ。えぇ」

「いえいえ。謙遜しなくとも」

ニコニコと笑っているが、その目が笑っていないことにアメリアは気がついていた。

「あ。でも実は、昨日……レイさんと二人きりで夜を過ごしまして」

「え⁉」

「ふふ。二人で手を取り合いながらダンスに興じました。とても楽しかったですよ？」

ニコリといつものように人の良さそうな笑みを浮かべる。

だが目は依然として決して笑ってはいない。

いうならばこれは牽制《けんせい》。

すでに乙女同士の戦いは始まっているのである。

「わ、私だって！　魔術剣士競技大会《マギクス・シュバリエ》の時には、抱きしめてもらいましたし⁉　一緒に生きていこうって言われましたし⁉」

「なるほど。なるほど。それはとても素晴らしい友情ですね」

敢《あ》えて友情、という言葉を使ったその意味を分からないほどアメリアは察しが悪くない。

半眼でじっとレベッカを見つめる。

「……苦労しますよ。レイって意外にモテますし」

「ええ。でもそれを受け入れる器が重要なのでは？」

互いに睨《にら》み合《あ》う。が、アメリアはスッと手を差し出した。

「負けませんよ」

「私もです。こう見えて負けず嫌いなので」

しっかりと交わす握手。

別に互いに相手のことは嫌いではない。

これからは、恋敵《ライバル》として戦っていくのだと二人はそう思っていた。

アメリアとレベッカの表情は、晴れやかだった。

「では、失礼します」

「ええ。ご機嫌よう」

レイを巡る戦いもまた密《ひそ》かに幕を上げる。

きっといつか大きな波乱を巻き起こすことになるのは、間違いないだろう。

◇

秋。

本格的に秋がやって来た。

制服も夏用から冬用へと切り替わり、すっかりと肌寒くなった。

今はちょうど紅葉が綺麗な時期で、近いうちに散歩でもして見に行こうかと思っている。

周囲の木々は葉を落とし、落ち葉を踏みしめることが多くなった日々。

季節の巡りをはっきりと感じるこの王国は、やはり美しいと思う。

そうして放課後。

俺がいつものように部活をしてから寮に戻ろうとしていた時だった。

正門に見知った人間が一人、ポツンと立っていた。

長い白金《プラチナ》の髪を靡《なび》かせながら立っているのは、アリアーヌだった。

周囲をキョロキョロと見ているが、どうしたのだろうか。

「アリアーヌ。どうした、こんなところで」

「レイ！　待っていたんですのよ！」

「俺に用事か？」

「厳密には、レイとアメリアにですわね」

「それで、用事とは？」

そう尋ねるとアリアーヌは高らかに声を上げた。

「わたくしと一緒に、大規模魔術戦《マギクス・ウォー》に出て欲しいんですの！」

「……大規模魔術戦《マギクス・ウォー》？」

新しい日々が幕を開けようとしていた──。

あとがき

初めましての方は、初めまして。二巻から続けてお買い上げくださった方は、お久しぶりです。作者の御子柴奈々《みこしばなな》です。星の数ほどある作品の中から、本作を購入していただきありがとうございます。

二巻のあとがきでは、三巻は夏休み編を予定していますと言いましたが、色々とあって本編を進めることになりました。

さて、三巻ですが……遅くなってしまい、大変申し訳ありませんでした！

理由は多々あるのですが、やはり内容的に整理するのが大変でして……ウェブ版を書いている時は、何となく流していたのですが、書籍にするにはそうもいかず……。ちょうど一年の時を経て、自分を苦しめることになりました（苦笑）。

ここから先はネタバレになりますので、先にあとがきを読む方はご注意ください！

三巻はレベッカが主軸の話でしたが、ブラッドリィ姉妹の話でもありました。そこに絡んでくるエヴァンとリーゼロッテという軸もあって、その二つの軸を絡ませることが大変で、色々と苦労しました。

しかし、その苦労の甲斐あって自分としては、満足のいく内容に仕上がったと思いま

あとがき♥
祝！3巻！
今回もリリィーが
描けて幸せ…♥
レベッカとアメリアのライバル
としての今後の展開も
楽しみです！

講談社ラノベ文庫

冰剣《ひょうけん》の魔術師《まじゅつし》が世界《せかい》を統《す》べる3
世界最強《せかいさいきょう》の魔術師《まじゅつし》である少年《しょうねん》は、
魔術学院《まじゅつがくいん》に入学《にゅうがく》する

御子柴奈々《みこしばなな》

2021年6月30日第1刷発行
2022年12月5日第2刷発行

発行者	森田浩章
発行所	株式会社　講談社 〒112-8001 東京都文京区音羽2-12-21
電話	出版　(03)5395-3715 販売　(03)5395-3608 業務　(03)5395-3603
デザイン	百足屋ユウコ＋石田隆（ムシカゴグラフィクス）
本文データ制作	講談社デジタル製作
印刷所	株式会社ＫＰＳプロダクツ
製本所	株式会社フォーネット社

KODANSHA

落丁本・乱丁本は購入書店名を明記のうえ、小社業務あてにお送りください。送料は小社負担にてお取り替えいたします。なお、この本の内容についてのお問い合わせはラノベ文庫あてにお願いいたします。
本書のコピー、スキャン、デジタル化等の無断複製は著作権法上での例外を除き禁じられています。本書を代行業者等の第三者に依頼してスキャンやデジタル化することはたとえ個人や家庭内の利用でも著作権法違反です。

ISBN978-4-06-523715-1　N.D.C.913　327p　15cm
定価はカバーに表示してあります
©Nana Mikoshiba 2021　Printed in Japan

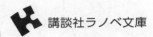

謝辞になります。

梱枝《こりえ》りこ先生。今回も素晴らしいイラストの数々、ありがとうございました！　本当にみんな可愛くて、感謝しかありません！

担当編集の庄司《しょうじ》さんには本当にとてもお世話になりました。長期間にわたる原稿作業でしたが、お付き合いいただきありがとうございました！

また、コミックスの四巻が同月の七月九日（金）に発売になります！　本作発売日の一週間後ですね。

コミックスはついに四巻で、ペースがとても早いです。原作は巻数でいえば、追い抜かれてしまいました（笑）。

物語としては、原作小説の方が先行していますが、追いつかれないように頑張ります……！　次の四巻はもっと早く仕上げます！

それではまた、四巻でお会いいたしましょう。

二〇二一年　五月　御子柴奈々

す。読者の方々も、楽しんでいただけたのなら幸いです。

ただし、今回の反省点としては、『やりたいこと、やるべきこと』の区別をつけた方がいい、という点ですね。今更にはなりますが……。

今回の件を経て、もっと面白い作品を読者の皆さまに届けたいとさらに思うようになりました。

また、デビューしてちょうど一年が経とうとしています。氷剣の一巻が去年の七月発売で三巻が今年の七月発売なので、ちょうど一年ぴったりですね。

デビューしたばかりの新人で、右も左も分からず、試行錯誤しながら懸命に進んだ結果、無事に二年目も頑張れそうです。

自分の書いたものが書籍になって、本屋に並ぶ。さらには漫画にもなって、作品の幅が広がり、あっという間に月日が流れていきました。

これも全て、皆さまの応援があってこそです。

これからも大変なことはあるとは思いますが、精進させていただきます。

より良い物語をお届けする。

その目的だけは忘れず、今後も頑張っていこうと思います。

それと昨今の情勢の影響で家にいることが多く、よくウーバーイーツを頼んでしまうので、そこも直したいですね（汗）。健康第一、ですね！